続くはずだった言葉は、
ベッドの上で血の気のない顔で
冷たくなっている
ミレーユの姿に掻き消された。
「ミレーユ様、おはようございます。
今朝は珍しくベッドにいらっしゃ、……」

ゼルギス
ドレイク国宰相
エリアス
ドレイク国の皇太后
オリヴェル
ドレイク国の先代竜王

カイン
ドレイク国の若き王
ミレーユ
グリレス国からきた花嫁
ルル
ミレーユの侍女

「この先の未来をカイン様と紡ぐことを
お約束いたしましょう」

勘違い結婚
偽りの花嫁のはずが、なぜか
竜王陛下に溺愛されてます!?
3
森下りんご
Ringo Morishita
illustration m/g

Contents

プロローグ

気が遠くなるほどの遥《はる》か昔、マグマの海におおわれた星に、神と言われる存在がいた。

神はこの地を水の惑星へと変えると、いくつかの生物を住まわせた。

動物と人間、そして竜を。

神はマグマから成り立ったこの星に相応《ふさわ》しいと、火から生まれた赤竜を世界の守護神として命じると、星を去った。

神から力を委ねられた赤竜は、火、水、風、大地を司《つかさど》り、この地に安寧をもたらした。

無知だった人間たちに知識と火を与えたのも赤竜だった。

火は炎となり、人間たちを他の動物から守る。

しかし時が経《た》つにつれ、人間たちは無知だった過去を忘れ、傲慢に世界を支配しようとした。

数を増やし、群れをなし、他の動物たちの居場所すら奪う。

生き物の頂点になったと驕《おご》る人間たちは、今度は人間同士で争うようになった。

そして愚かにも自分たちの利益のために、守護神たる赤竜をも利用しようとした。

ある国はわざと赤竜を怒らせ、他国を滅ぼそうと画策し、
ある国は赤竜に取り入ろうと、大勢の奴隷たちを生け贄《いにえ》にし、
ある国は赤竜こそ人間世界の均衡を崩す存在だと、討伐しようと目論《もくろ》んだ。

醜く、浅ましい人間たち。

どれだけ赤竜が姿を隠しても、すぐに居場所を見つけ出し、醜い諍《いさか》いをはじめてしまう。

もともと、竜は怠惰で傲慢な生き物。赤竜とて、それは同じ。

創造主たる神に任された身であったため、その力を駆使し、均衡を保とうと努力していただけ。

赤竜は次第に嫌気がさした。すべてが馬鹿らしくなったのだ。

己の力でどれだけこの星を守ったところで、その端から人間たちが壊していく。

憤る赤竜は、いつしか星を守ることを放棄するようになった。

世界は、守護神たる赤竜に見捨てられたのだ――。


静かな夜、ミレーユは一冊の本からゆっくりと目を離す。

「これは、初代竜王様のお話なのかしら……？」

本は花嫁専用の図書館で見つけたものだった。

数ある膨大な蔵書の中から、この本を手に取ったのは偶然だ。

革表紙にタイトルはなく、本棚の中で忘れられたようにひっそりと置かれていたそれは、誰の手にも取られたことがないのではないかと思われるほどに真新しかった。

中を開ければ紙は上質なもので劣化はなく、それどころか小口には金の装飾までなされている。

「なんとなく惹《ひ》かれて手に取ってしまったけれど、まさかこんな内容だったなんて……。とても興

味深いわ」

これが世界のはじまり、初代竜王の話かと想像するだけで惹きつけられる。

しかしこの本は史籍というよりは、まるで子供に聞かせるための絵本のような文体に近い。

「絵本と言えば、『勇者エリアスの物語』も有名だけど」

幼いときに読んだ一冊の絵本のことを思い出す。

この本も史実ではなく、ただの物語なのだろうか。

「明日にでもカイン様に尋ねて……いえ、あの本は題材が題材だけに、この地で安易に口にするのはやめた方がいいわよね。こちらでは焚書《ふんしょ》扱いにされてもおかしくない内容だもの」

そう考え直したそのとき、

「にゃん！」

と、非難が混じった鳴き声があがり、驚きに身体《からだ》がビクリと飛び上がった。

「ど、どうしたの、けだま？」

いまのいままで横で熟睡していた愛猫の不機嫌な声に問えば、けだまは、小さな右手をミレーユの手に重ねるように置いた。

いつもは手や腕に頭をこすりつけ、その愛らしい瞳で見上げてくれるのに、いまはなぜかミレーユを見ず、視線は壁の方に向いていた。

不思議に思い、つられて同じ方向を向くと、壁に掛けられていた時計が目に入る。時針は明け方をさしていた。

「――もうこんな時間なの⁈　気づかなかったわ……」

恐る恐るけだまに視線を戻せば、ミレーユを見上げる大きな瞳が「もう！」と怒っているように見える。いつも以上に膨らんだ尻尾からも呆《あき》れている様子が窺《うかが》えた。

以前は、けだまからの「もう寝ようよぉ」の催促には素直に従っていたミレーユだったが、最近は花嫁衣装を仕上げるのに夢中になりすぎて「もう少しだけ」とだんだん長引くようになっていた。

今日もその作業のあとに、つい読書をしてしまったのだ。

ミレーユは慌ててけだまに謝りつつ本を片付けると、天蓋付きベッドへと身体を滑り込ませた。けだまはルルが怒っているときとよく似たむくれ顔をしつつも、ミレーユと共に寝具の中に入ると、すぐにスヤスヤと眠りについた。

愛猫を起こさぬよう、ミレーユは小さく身じろぐ。

なめらかな絹の寝具は質の良い眠りへと誘ってくれる肌触りだが、それだけではいまのミレーユの少ない睡眠時間をカバーすることは難しいだろう。ましてや寝不足は今日だけでなく、連日連夜続いていた。

思わず自分の頬に手をやると、ドレイク国に来てしっとりとしてきた肌に、若干の乾燥が感じられた。

（これは……絶対にダメだわ！）

婚儀前ということもあり、ミレーユの肌はナイルの手によってとくに念入りなケアが施されていた。それを寝不足で肌に負担をかけるなど、ナイルと女官たちの努力を無にする所業だ。

こうなれば、自力でできる手段は一つ。

ミレーユは両指を絡め重ね合わせると、全身に魔力を行き渡らせるよう集中した。

(この術を使うのは、こちらに来て初めてね)

母国では針仕事が佳境に入るとよく使用していた術だったが、衣食住が完璧なドレイク国ではその必要はなく、術を施すのはしばらくぶりだった。

(……やっぱり、この術も以前とは比べ物にならないほど術の精度が上がっている)

指先から足先、頭頂部まで伝わる魔力の渦は、最後に術を施したときとはまったく異なっていた。

期間が空いていたからこそ、その違いがよく分かる。

魔石に触れたあの日以来、ミレーユの魔力は日に日にその質を変化させていた。

あたかも最初から備わっていた力のように——。

そのせいか、術の仕様も前とは少々勝手が違う。

戸惑いつつも、ミレーユは慎重に己の身体に術を行き渡らせると、同時にスッと深い眠りへと落ちた。

仮死の術

小鳥たちがさえずるいつもの時間に、ナイルはミレーユの部屋を訪れた。

本日のドレスは絹を美しい紫に染めた艶《あで》やかなもの。装飾品はミレーユによく似合う小ぶりで可《か》憐《れん》なものを選び抜き、代わりに履物はダイヤモンドで彩ったヒールの高いものにした。

着飾ったミレーユの姿を想像し、一縷《いちる》の不備もないことを確信しつつ、当の本人を探す。

けれど、普段ならすでに起きているはずの姿がどこにも見当たらない。

不思議に思いながらも寝台に目をやれば、掛け布の膨らみが見えた。どうやらまだ就寝中のようだ。

ナイルは寝台に近づくと、いつもより声量を落として声をかけた。

「ミレーユ様、おはようございます。今朝は珍しくベッドにいらっしゃ、……」

続くはずだった言葉は、ベッドの上で血の気のない顔で冷たくなっているミレーユの姿に掻《か》き消された。

✿✿✿

『―≪―：※：―≫―：※：―≫―：※：―≪―』

「ッ!?」

執務室のビロードの張られた椅子に腰かけ、数枚の書類に目を通していたカインは、突然響き渡った竜族特有の警戒音波に、手にしていた書類を落としてしまう。

「なんだ?!……これは、ナイルのものか?」

竜族のみが聞き取ることができる周波数で発せられる警戒音波は、魔力の質量から誰の者かある程度予測ができる。

これほど魔力総量が高い周波数を発することができるのは、現在城内ではゼルギスかナイルのみ。しかしゼルギスは目の前にいる。ならば消去法でナイルしかありえないが、泰然自若の彼女がこれほどまでに感情の乱れた周波数を流すなど稀《まれ》どころか初めてだ。

「まさか……、ミレーユになにかあったのか!?」

考えられることと言えば、それ以外見当がつかない。

カインは呼び止めるゼルギスの制止を無視し、部屋を飛び出した。


「ミレーユっ!?」

扉を壊す勢いで開けると、突如侵入してきた竜王の姿に、数人の女官から小さな悲鳴が飛ぶ。そんな彼女たちの動揺もミレーユの安否で頭がいっぱいのカインには目の端にも映らず、構うことなく奥へと進んだ。

しかし行く手はすぐに遮られる。冷然とした面持ちでこちらを睨《にら》む、ナイルによって。

「なんと不調法な。竜王と言えど、婚儀前の花嫁の自室に無断で入室するなど言語道断の振る舞いですよ」

凍《い》てつく声が刺々《とげとげ》しい言葉を放つも、カインがそんなことで動じるはずもなく。

「ミレーユは無事なのか!?」

「なにを仰《おつしや》っているのです。ご無事に決まっているではありませんか」

「あれだけド級の周波数を流しておいて信じられるか！」

「そちらにつきましてはすでに問題は解決されました。お気になさらず即刻退出願います」

「気にならないわけがないだろう！」

なおも食い下がれば、ナイルの瑠璃色の瞳がスッと薄氷へと色を変えた。

「貴方様《あなたさま》が部屋にいられては、ミレーユ様の身支度がいつまでたっても始められないではありませんか！」

気づけば底冷えするような凄《すご》みと共に、カインは部屋から叩《たた》き出されていた。

「──っ。おいっ、ナイル！」

納得のいかないカインは部屋を半壊してでも留《とど》まろうと振り返った。その際、ナイルの後ろにシフトドレス姿を見られまいとあたふたしているミレーユを見つけ、安堵《あんど》の息を吐《つ》く。

（どうやら体調不良ではないようだな）

安心したカインは、仕方なく朝餐《ちようさん》の間で大人しく待つことにした。

❁❁❁

その後、すぐに身支度を整えたミレーユは、朝餐の間に到着するやいなや、まだ赤らみの引かぬ頬のまま勢いよく腰を折り、深く頭を下げた。

「お騒がせいたしまして、申し訳ございません！」

「いや、そんな謝られることではない」

さきに着座していたカインがすぐさま止めに入り、椅子に座るよう促される。

ミレーユがまごつきながらも対面に座ると、さっそくカインが問いかけてきた。

「それで、結局なにがあった？」

「じつは……昨夜は少々夜更かしをしてしまいまして。これでは日々体調管理をしてくださっているナイルさんたちに申し訳が立たないと、自分の魔術で回復を図ろうとしたのですが……」

できる限り慎重に術を施したのだが、やはり以前とは勝手が違ったせいか、ナイルが入室する前に目覚める予定が、ほんの少し体内時計がずれて遅れてしまったのだ。

「回復？……ミレーユも回復術が使えたのか？」

齧歯族《げっしぞく》で癒しの力を使えるのは実妹のエミリアだけだと聞いていたカインは、不思議そうに首を傾《かし》げる。ミレーユは慌てて否定した。

「回復と言っても、私の術は自身にしか使えません。それも体力を少し回復させる程度で、ケガや病気を治すものではありません」

「自然治癒力の強化版みたいなものか。それなら、一体ナイルは何にそんなに驚いたんだ？」

寝ている間に身体《からだ》を治癒していただけのことならばそこまで驚くことではないはず、と訝《いぶか》るカインの質問に、ミレーユは椅子の上で身体を小さく縮こませながら答えた。

「それがその……術を行使しているときは、身体の機能すべてが停止するんです」

「は？」

「脈、呼吸、心臓。生命活動のすべてが止まり、体温も下がるので身体は硬直状態になります。一見すると……死んだ状態に見えるのです」

ひゅっ、とカインの呼吸が止まった。

「……つまり、ナイルはベッドの上で冷たくなっているミレーユの身体に驚き、あれほどの警戒周波数を放ったということか？」

「はい……」

ナイルが動転したのも束《つか》の間《ま》、遅れて現れたルルから「大丈夫ですよ。姫さまよく眠られているだけなので、もうちょっとしたら起きますよ！」と諭されている間にミレーユが起き、ほっとしていたところにカインが乱入してきた――というのが、一連の流れだった。

ちなみに今回の功労者であるルルはこの場にはおらず、別の仕事に当たっていた。

その仕事とは、けだまの朝ごはん担当。

以前は別の女官が行っていたのだが、『もっとちょうだい。もっとちょうだい』と愛らしい瞳を武器に、あまりにおかわりを欲しがるので、けだまに対して鉄壁の「ダメです！」ができるルルが適任とされたのだ。なお、この任にあたり、ルルに会える機会が減ったゼルギスだけが残念がっていた。

そのゼルギスは、今日もルルがいないことにため息を吐きながらも、早朝のアクシデントについては朗らかな笑みを見せた。

「ナイルがあれほど取り乱すほどです。よほど魔術の完成度が高かったのでしょう」

ゼルギスの言葉に、ソツのない手際で軽食の用意をしていたナイルの手が止まる。

いつも通りの冷静さを装いつつも、ナイルの中ではいまだにあの衝撃は消えてはいなかった。

それほど術のかかった状態のミレーユは、生命が身体から離れたばかりの亡骸《なきがら》に見えたのだ。

肌も唇も雪のように白く、灰褐色の髪すら色を無くし。まるで蠟人形《ろうにんぎょう》の中に、儚《はかな》く消えた乙女の時間を閉じ込めたかのようで、いま思い出してもゾッとする。

ナイルの手が止まったことにいち早く気づいたミレーユは、いっそう身を縮こまらせて頭を下げた。すでにナイルやその場にいた女官たちには謝罪していたが、申し訳ない気持ちは消えない。

目が覚めた瞬間、ナイルの血色の悪い顔色を見てしまったからこそ特に。

「せめて事前にお伝えしておくべきでした。母国では、いつもルルが来るより早く目覚めていたので、《仮死の術》を施した自身の状態を、すっかり失念しておりました」

「まぁ、その場に居合わせたのが私ではなく、ナイルだったのはよかった。もし私が知らずにその場面に遭遇していたら、動転するあまり、南の大陸を火の海に沈めているところだ」

「――!?　い、以後気をつけます！　気をつけますので！」

カインは笑いながら言うが、ミレーユはまったく笑えなかった。

竜王である彼には、容易《たやす》くそれを実行に移すだけの力がある。想像しただけで背筋に冷や汗が落ちた。

ミレーユが必死に謝罪を繰り返していると、いままで沈黙していたナイルがカッと目を見開き、

「留意していただくべきはそこではございません！」と声を荒らげた。

「一番の問題は魔術そのものではなく、術を施すに至った経緯です！」

「へ？」

勢いに押され、ミレーユは目をまたたく。すぐにはナイルの怒りの意図を理解することができなかったのだ。

「ミレーユ様の夜更かしの原因は、すべて花嫁衣装のせいではありませんか！　やはり針仕事など、花嫁がすべきものではございませんでした。こうなれば、即刻お止《や》めいただきます！」

まさかの通告に、ミレーユの口から思わず「ふぇっ!?」と、素っ頓狂な悲鳴が零《こぼ》れた。

「で、ですが、私が任されていた部分の花嫁衣装はもう終わっておりますし、あとはカイン様のご衣装のみで……」

「では、そちらについては別の者に仕事を回しましょう」

「えぇ!?」

「婚儀まではお身体を第一に、長時間の読書も禁止です！　当然本も没収させていただきます！」

「っ、それだけは……！　もう身体も回復いたしましたし、以後気を付けるとお誓いします！」

実際、目覚めるタイミングについてはうまく調整できなかったが、そのぶん威力は良好で、体力はしっかりと回復された。お蔭《かげ》で肌の艶も蘇《よみがえ》っている。

そもそもミレーユが自身の睡眠時間を削ってまで花嫁衣装に精を出していたのも、自分の分を早く終わらせ、カインの衣装に時間を割きたかったからだ。

昨夜は、明日からカインの婚礼衣装に着手できると喜び、一息ついたところで本に手を伸ばしてしまった。

(どちらも取り上げられてしまう事態だけは、何とか回避しないと！)

何よりカインの婚礼衣装を手伝いたいと言い出したのは自分だ。ここで諦めるわけにはいかない。

「み、皆様、婚儀の準備でお忙しいでしょうし、手が空いている方もいらっしゃらないのではないでしょうか？　やはり、私が――」

「婚姻の儀では、花嫁と花婿の衣装は対が必須とされていますが、あくまで儀礼的なもの。期日中に間に合わなければ、仮式のときのものを使いまわせば事足ります。ミレーユ様が無理をなさる必要などございません」

困窮国生まれのミレーユからすれば、衣装の使いまわしが節約のためというなら納得もできる。だが、花嫁衣装には千着という膨大な量を仕立て、大量の虹石《こうせき》と宝石を使用しているのだ。これだけ贅《ぜい》を尽くしているのに対し、花婿の衣装が使いまわしとあっては、とても納得などできない。

けれどナイルの意志は固く。

「いくら魔術で体力を回復されたとしても、ミレーユ様が無理をなさった事実は変わりません。大切な御身を、しかも婚儀前に……。衣装制作がミレーユ様たっての願いとはいえ、これ以上、御身を酷使するような状況を捨て置くわけには参りません！」

キッパリと強く宣言されれば、これ以上押し通すことはできなかった。

楽しみにしていたカインの婚礼衣装の作成。本の没収という決定に、ミレーユはしょぼんと肩を落とす。

ミレーユに対しては過保護なナイルの決定に、一連のやり取りを黙って見守っていたカインは、慰めるように言った。

「私の婚礼衣装を手掛けてくれるのは嬉《うれ》しいが、やはりミレーユの身体の方が大事だし、無理はしてほしくない。それに手持ち無沙汰なら、午後はゆっくりとお茶でも」

しようと言い終わる前に、ナイルが睨みを利かせる。

「――カイン様。ミレーユ様の自室に乱入されたことについてはまだ許しておりませんよ。あれほど婚儀前の花嫁にはむやみに近づかぬよう再三申し上げても、貴方というお方は一向にお守りになられない。本来会うこともかなわないのが慣例であることを、よもやお忘れですか？」

ショックにうな垂れていたミレーユだったが、これにはハッとして顔を上げた。

確かにドレイク国を訪れた初日、ナイルは婚姻の儀まではカインと会うことは難しいと言っていた。あのときはこちらの無理を通して謁見を頼んだが、それも特例。

（花嫁の行違いの一件が解決した後も、カイン様から「これはお互いの意志疎通が足りなかったせいだ」と、度々お誘いを頂いていたけれど、本来は禁則事項だったのね……）

「カイン様のお気遣いに甘え、私はずっと禁忌を破らせていたのですね」

「いや、それは違う！　別に禁忌というわけでは！」

狼狽《うろた》えるカインの代わりに、ゼルギスが間に入った。

「ミレーユ様、その点についてはお気になさらないでください。どうせ明日からは、食事を共にする時間もないほどカイン様は業務に追われます。これで慣例にも抵触いたしません」

これに驚いたのはカインだ。

「ちょっと待て。そんな話は聞いていないが!?」

「婚儀の支度も終盤に入り、仕事は山ほどございます。早めにお伝えすれば駄々をこねられるのは目に見えていましたので、ギリギリまで黙っておりました」

さらりとのたまうゼルギスの説明に、カインの額に青筋が浮かぶ。

「お前……、ミレーユの前なら私が拒否できないと知っていてこの場で開示したな！」

「はて、なんのことでしょう？」

ぐぬぬと睨むカインと、素知らぬ顔でにこやかな笑みを浮かべているゼルギス。

ミレーユはそんな二人を交互に見つめ、頭を悩ませた。

つまりこれは、婚儀の日まで針仕事は没収、本も読めず、カインと会うこともできないということになる。

（……私、婚儀までいったい何をして過ごしたらいいの？）

✿✿✿

　ナイルがミレーユの身体に支障をきたすものをすべて撤去するよう命じたのは、それからすぐだった。

　ミレーユの朝餐が終わる前にと下命を受けたセナが、本を別室に移動させるよう指揮を取っていると、けだまがトコトコとやってくる。

「あら、もうご飯は終わったの？」

　声をかけると、けだまは返事をするように一鳴きして、テーブルに置かれた本に興味を示した。前足でぽふぽふと触っている姿は愛らしいが、ここにある本はすべて花嫁のためのもの。セナは苦笑しながらけだまを抱き上げた。

「イタズラしてはダメよ」

「にゃぁーん」

　優しく注意しながらふわふわの身体を長椅子に移動させると、さきほどけだまが興味を示していた本を回収すべく腕を伸ばす。

「――え？」

　突然窓から入った強い風がパラパラとページをめくりあげ、思わずセナの手が止まった。

　その本は、どのページも真っ白だったのだ。よく見ればタイトルもない。

「こんな何も書かれていない本を、なぜミレーユ様はお手に取られたのかしら？」

奇妙な本を手に、セナは首を傾げた。

花嫁の不安

それから一週間、ミレーユはカインの後ろ姿すら見ることの叶《かな》わない日が続いていた。

それほど彼は多忙だったのだ。

（いままで無理をなさって、お時間をいただいていたことがよく分かるわ）

カインとヴルムが同一人物だと知ったあの日から、彼は多くの時間をミレーユのために費やしてくれていたのだ。食事やお茶はもちろん、ミレーユが母国へ帰りたいと願えば同行までして。

その時間すら、無理をおして捻出していたことを知り、気づけなかった己の不甲斐《ふがい》なさを恥じた。

（カイン様はそこまでしてくださっていたのに、私ときたら……）

体調管理を怠ったせいでナイルの過保護を加速させ、結果ミレーユは現在重病人並みの扱いを受けることとなり、手仕事や本はもちろんペン一本持つことすら容易には許されない状況に陥っていた。

（自業自得とはいえ、婚儀まであと一ヶ月あまりこれが続くのかと思うと、流石《さすが》に気が滅入《めい》りそう）

齧歯《げっし》族は働き者が多い。働かなければ餓死に繋《つな》がることを本能で理解しているため、身体《からだ》を休めることより労働を好むのだ。一部、父やその臣下たちのように、自分たちは特別な存在だから働かずともよいのだと自堕落に落ちる者もいるが、ミレーユは前者。

するべきことがない時間を過ごしていると、だんだん言いしれない不安が胸に落ち、どうにも落ち着かない。

「こうなってしまった以上、ナイルさんのお許しがでるまでは極力静かに過ごすことが賢明であることは分かっているけれど、まさかドリスさんとの検証も禁止されてしまうなんて……」

あれから、ドリスとは総身で感じた温度や気温を石に込めることのできる《体感の術》を色々と検証している最中だった。

エミリアの件で、中途半端に中断させてしまった手前もあり、ドリスからの要望はできる限り聞き入れ、路傍の石から最高級の宝石まで幅広く術を込めては魔石の解明に繋がるヒントを探していた。

並行して、母国の田畑の地中熱を上げるための試みも行っており、これまで両手サイズの黒曜岩を百個ほど国に送っている。それらを利用した実証実験も、幸先《さいさき》よく進んでいるという。

そうやって自分にできることを模索し、一つ一つ全力で向き合っていたことも、ナイルには却《かえ》ってミレーユの体調面への不安に繋がったようだ。

そこで、ふと考えた。

カインの母にして、この大国の皇太后。

彼女は、婚前をどうやって過ごしていたのだろうかと。

無為な時間を過ごすことに罪悪感を覚え始めたミレーユは、皇太后についてナイルや女官たちに質問してみることにした。だが、なぜか返ってくる反応はやたら歯切れが悪いものばかりだった。

皇太后は上位種族、虎族の王女。

(下位種族の自分とはまるっきり違う高貴なお方とはいえ、何らかの参考になるのではないかと考えたのだけど……)

残念ながらなんの解決策も見つけられず。ミレーユはいまも手空きの状態が続いていた。

できることといえば、城の最上階に設けられた空中庭園の長椅子に腰掛け、ボーっとエニシダの鮮やかな黄色の花弁を見つめることくらいだ。

この空中庭園は《空の庭園》といわれる、広大な敷地を持つドレイク城の中にある七つの温室のうちの一つ。

優雅な曲線を描く鉄骨と、厚いガラスで組み上げられた温室は、昼は青空を夜は星空を花々と共に見ることのできる贅沢《ぜいたく》な空間だった。

もちろん庭園としても素晴らしく、背の高い樹木をはじめ、花の数は千種類以上。

(一面に咲き誇る色彩豊かな花々はとても美しいけれど、できることなら編み物か刺繍《ししゅう》をしつつ眺めたいわ)

これほど美しい空間にいても、することがないというだけでため息をつきそうになり、ミレーユは零《こぼ》れそうになるため息を堪《こら》えるために空を見上げた。

透明度の高いガラスの先に広がる青い大空。

その雲一つない空に、一匹の鳥が目に入った。

母国では生息していない、大型の鳥だ。

動物が人へと進化した後に生まれた鳥は、正確には後鳥と呼ばれるが、これは鳥綱族《ちょうこう》が自分たちと分けて表現するために使われることが多い。

「綺麗《きれい》な鳥……」

大きな翼でたくみに風を切り飛行する姿に、ミレーユは母国の森で垣間見《かいまみ》たカインの美しい翼を思い出す。

翼の大きさもその形状もカインのものとは異なるが、優美に空を舞う姿。天高く上がり、何人《なんぴと》にも邪魔されることのない自由さが、彼に似ているように感じられ、自然と目が追ってしまう。

けれど、どれだけ視線を向けても空を謳歌《おうか》する鳥をとらえることはできない。

「……あの鳥と同じ。本来ならカイン様は、必死に手を伸ばしてもけっして届くことはない存在だったはずだわ」

思わず口走った言葉に、ハッとして唇を塞ぐ。

いまの自分は、はじめてこの地を訪れ、戸惑い狼狽《うろた》えていたときとは違う。

カインが必死に距離を縮めようと、気遣ってくれていたことだって知っている。

(だというのに、私の心は依然として恐れを抱いているの?)

さきほどの呟《つぶや》きは、まさにそれを象徴するようなもの。

自分の弱さに嫌気がさし、ミレーユはふぅと重い吐息をもらす。

「こんな優雅な場所で、ため息なんてつくものじゃない」

「!?」

叱責の声に驚いて身体を向けると、木蓮《もくれん》の木の下に兄のロベルトが立っていた。

ミレーユはすぐさま長椅子から立ち上がり、兄に駆け寄る。

「お兄様、お越しになっていたのですか」

「あぁ、婚儀の打ち合わせでな」

短期間で何度もドレイク国とグリレス国を行き来している兄は、すでに来訪にも慣れた様子だ。

それでも空中庭園を見るのは初めてだったためか、しきりに天井を見上げては、「すごいな……」と、感嘆の声をあげた。

ドレイク城のただでさえ高い建造物の上に、さらにガラス張りの温室を設けるなど母国では技術的にも不可能。

しばしその構造に見惚《みと》れていたロベルトだったが、ハッと思い出し、「そうだ。先に伝えておくことがあった」と前置きして話し出した。

「ドレイク国よりいただいた支度金だが、お前の希望通り孤児院や病院にも十分な金額を回しておいた。あれだけあれば生活資金だけでなく、建物の建て替えや補修にも充てられるだろう」

「――！」

兄からの報告に、さきほどまで落ち込んでいた気持ちがグッと上向きになる。

母国の孤児院の貧困は、長年ミレーユの心を痛める懸念事項の一つだった。

平均寿命が短い齧歯族は、親のいない子供が多い。というのも、《齢《よわい》十六までの調和盟約》で、子供の成長がゆっくりなのに対し、大人は十六歳を過ぎると一年に三つ年を取るため、子供が成長する前に親の寿命が尽きる場合が多いのだ。

親をなくした子供たちは、子供同士で身を寄せ合い、協力して生きるのが常。年上は年下の面倒をみる。子供であってもできることはする。そんな共存の輪でなんとか生活していた。

母国でも、できる限りの支援を行ってきたミレーユにとって、この報告はずっと胸につかえていた気がかりを払拭させてくれるものだった。

「これを機に、受け入れ人数の拡充についても各施設の院長とも話し合う予定だ。こちらのことは気にしなくていい」

「お兄様、私の願いを叶えて下さり、ありがとうございます」

「俺に礼を言うのはおかしいだろう。元はお前の支度金だ」

「金銭的な援助も、正しく示してくださる方がいらっしゃらなければ意味を成しません。お兄様が国を治めてくださっていることが、私にはなにより心強いのです」

ミレーユの心からの笑顔に、ロベルトも表情を和らげ、視察の状況を含めた子供たちのようすを伝えてくれた。

「あの子たちも、ミレーユの花嫁姿を楽しみにしているようだ。異国に行く機会なんて一生に一度あるかないかだからな、かなり興奮していた。――まぁ、無事出席できるかどうかは、まだなんとも言えないが……」

「やはり、国民全員となると難しいですよね」

カインが母国の民と交わした約束。

それは、ドレイク国への国民全員の招待だった。

翻歯族は短命ではあるが多産系、その数は多い。

最初に聞いたときは、さすがにそれは無謀すぎるのではと考えていたが、ミレーユの心配をよそに、ドレイク国が提示した解決策は素晴らしいものだった。

こちらに支障が出ぬよう優秀な人材を派遣し、宿泊先の手配や案内まで完璧。まさに至れり尽くせりだ。

「しかもとんでもないことに、うちの民のために、閉鎖されている南の大陸の港を開けてくださるそうだ」

「港を、ですか？」

遥《はる》か昔は東西南北の陸地は離れていたといわれているが、現在は真ん中に存在する中海を囲うように繋がっている。

中海は形だけみれば巨大な湖なのだが、満ち潮により陸の一部が外海と混じりあうことから今も中海と呼ばれていた。

北に位置するグリレス国と、南に位置するドレイク国は遠国ではあるが、中海を抜ければ陸を通るよりはるかに早い。

けれどこの中海を抜ける行為は、どこの国にも許されていなかった。

沿岸付近での漁や、近隣諸国への船の移動は許されても、中心地を通る行為は竜族以外は禁止されているのだ。

それは、中海にはときおり数百キロに渡り大渦が発生し、普通の船では木《こ》っ端《ぱ》微《み》塵《じん》に破壊されてしまうことが原因だった。

それゆえに、港を開けるというドレイク国側の提案にミレーユは驚いた。

「大渦を回避しつつ通るとなると、陸の移動とあまり変わらぬ時間になるのではないでしょうか?」

「大渦が発生しても、大渦ごと海水をどけるそうだ」

「海水をどける?」

兄の言葉の意味を理解することができず、ミレーユは首を傾《かし》げる。

「あぁ。海を割って、道をつくり、そこに大型の馬車を走らせるそうだ」

ロベルトは淡々と説明を続けるが、やはり意味が分からない。

ミレーユの乏しい想像力では、壮大な物語を聞かされているという感覚しか生まれず、どうしても現実感が湧かないのだ。

(海を割って、道をつくって、馬車を走らせる? え……海って割れるものだったかしら?)

「それは港を開くというよりは、道の建設に等しいのでは?」

恐る恐る尋ねると、ロベルトがいや、と首を振る。

「今回の対処は一時的なもので、出入りの際のみ海を割るそうだ。……ただ、将来的には架橋する計画らしい」

「は?」

「北の大陸から一番南の大陸に近い国の土地を買い取って、そこから巨大な橋を建設すると」

「も、申し訳ございません。仰《おつしや》っていることの意味が、私には少し難しいようで……」

中海は少し大きい湖程度の広さではない。橋を架けるなど、誰が聞いても実現不可能な夢物語だ。兄の冗談なのか分かりかねて、ミレーユは頰を引き攣《つ》らせた。

これに、ロベルトが半眼で答える。

「お前の気持ちはよく分かるが、貴国がそういう想定をされていることは頭の中に入れておいてくれ。俺もいまは現実逃避して、あの方々が仰っていることは冗談だと思うようにしているから……」

よかった。どうやら兄もまだ半信半疑で、とてつもない計画を現実として受け入れているわけではないようだ。

「とにかく、移動については問題ない。問題があるのは、こちら側だ」

ロベルトはそこでいったん言葉を切り。さきほどミレーユに注意したため息を、今度は己が吐き出した。しかも、「はぁ〜〜」とかなり長い。

「お兄様、いかがされたのですか？」

「いや……。前回の件で、父上の腰巾着共を一掃しただろう。カイン様にお力添えをいただいたこともあって、今回新しく就任した連中を連れてあいさつに伺ったんだが……。アイツら、怖がって客間に閉じこもったまま動こうとしないんだよ」

遠く離れた母国からドレイク国までは、こちらの使者が送迎を行ってくれている。

しかし迎えの者たちは齧歯族に対し気を使って魔力封じの衣を羽織っているが、街に住む人々は違う。

ドレイク国は竜族だけでなく、多種多様な種族が集う国だ。

そんな多くの種族が集う活気に溢《あふ》れた大都市に、小国の下位種族が恐れを抱かぬわけがなかった。

そう、彼らは完全に《魔力負け》を起こしていたのだ。

大の男が部屋の隅にうずくまり、動こうとしない。あまりの脅《おび》えように、さすがのロベルトも無理に引っ張り出すことはできなかったという。

「多少は予想していたが、ここまでとは……。一応、これでも国の中では魔力のあるやつを選んだんだが」

とはいっても、母国でロベルトやエミリアのような強い魔力を持ち合わせている者は皆無。

二人が特別なだけで、齧歯族の平均値は種族最弱だ。現に、中間子のミレーユの魔力もたかが知れている。

「そうだ。お前はどうやって魔力負けを克服したんだ?」

ロベルトは妹の魔力総量の低さを思い出したのか、参考までに聞かせてくれと言う。

兄からの質問に、ミレーユは言いづらそうに答えた。

「私は、その……もともと覚悟は決めて参りましたので……」

勿論《もちろん》、死の覚悟だ。

神の種族、ドレイク国の竜王に対して計略をもって母国を出立したミレーユに、のんきに魔力負けを起こしている時間はなかった。

そのときのミレーユの心中を察したのか、ロベルトが渋面を作る。

「アイツらも、それくらいの気概がないと克服は難しいか……」

さすがに無理だと言うことは分かっているのか、しばしの沈黙の後、ロベルトは諦めたように肩を落とした。

「仕方ない。カイン様とのご挨拶も終わったことだし、今日のところは一旦国に戻る。なにか魔力負けの対策を取らねば、うちの国民が来訪したところで、こちらにご迷惑がかかるだけだからな」

「カイン様とお会いになられたのですか？」

「ああ。さきほどご挨拶させていただいた」

「そう……でしたか」

ならば自分も同席したかった。思わずそんな甘えたことが口から零れそうになった。

なにやら消沈している妹を不思議に思ったのか、ロベルトに尋ねられる。

「どうかしたのか？」

「あ、いえ……」

「なんだ、ハッキリ言え」

こんなことを兄に打ち明けることは気恥ずかしく躊躇《ためら》ったが、再度兄から促され、ミレーユはこ一週間ほどカインと会えていないことを伝えた。

なにか深刻な話かと危ぶんでいたロベルトは、ミレーユの悩みを聞くと軽く笑った。

「別段そこまで気に病むことでもないだろう。婚儀をあげれば、正式な妻となるんだ。会えないのもいまだけの話じゃないか」

兄の言うとおりだ。

だと言うのに、なぜだか心が晴れない。

（これは、世に言うマリッジブルーというものなのかしら？）

「まぁ、お前の場合、本当に大変なのは婚姻の儀からだろうが……」

そんな不安を覗《のぞ》かせた兄の小声は、思い悩むミレーユの耳には届かなかった。


それからまた数日が過ぎたころ、ミレーユの滅入《めい》っていた気分を晴らすかの如《ごと》く、城下から花火が打ち上がった。

夜空に広がる花火は美しく、なにかお祭りでもあるのだろうかと、ルルと一緒に楽しんだのだが、打ち上げがあまりに連日連夜に渡るので、だんだん恐ろしくなってきた。主に、費用という項目で。

「あれほど毎夜花火を打ち上げたら、すごくお金がかかると思うの。だって一発ではなく、たくさん打ち上げるのよ。うちの国なら、数発で大打撃だわ。いったいどんなお祭りが開催されているのかしら？」

両頰に手を置き、費用総額に怯《おび》えるミレーユに、ルルはお茶を飲み干しながら言った。

「セナさんに聞いたんですけど、あの花火って祝砲らしいですよ」

「え？」

「竜王さまと、姫さまの結婚のお祝いに、婚礼祭が終わるまで毎夜あがるものだって教えてくれました」

「毎夜？」

あれを毎夜？　数百発とあがる花火が毎夜？

（こ、婚礼祭って、確か半年は続くと伺ったけど、それまでずっと!?）

ふと、現実逃避で忘れかけていた架橋の話を思い出す。この国の費用のかけ方が、貧国で育ったミレーユには理解できず、聞いただけで失神しそうだ。

長椅子に倒れそうになるミレーユに気づかず、ルルが続ける。

「あ、でも、竜王さまの前の竜王さまのときの婚礼祭では、花火をやめるお話もあったそうなんですけど」

「！　そうなの？」

「はい、竜王さまのお母さまが止められたそうです」

止めることもできるのだと知り、ミレーユの傾いでいた身体が垂直にもどる。

「よかった。絶対的にしなければならない決まりではないのね！」

「でも、止めた理由は『やかましい』から、だったみたいですけど」

なんだか邪険にも聞こえる理由に、思わず目が点になる。

「た、確かに、毎夜の花火は音が気になるかもしれないわね。でも、それは建前で、きっと皇太后様は財政を懸念されて、そのような理由を口にされたのではないかしら」

「いいえ。本当にうるさいことが理由みたいです。やるなら音のしない花火を作れって。それで、花火職人がきゅうきょ音のしない花火を作って、婚礼祭の一年間、ずっとそれが打ち上がっていたそうですよ！」

大至急、静寂花火という花火が作られたものの、なんだかいまいち盛り上がりに欠けると、今回のミレーユたちの祝砲としては使用されていないという。

「怖い……」

思わず本音が零れてしまった。

婚礼祭が終わるまで毎夜花火を打ち上げても財政難に陥ることのない国力も、花火自体をやめることなく、音のない花火を作ってまで打ち上げようとする根性も、母国とあまりに違いすぎる。

両国の違いについてはいままで何度も思い知らされてきたことなのに、いつだって純粋な恐怖を覚えてしまうのは、自身の度量が足りないのか。それとも竜族が規格外すぎるのか、判断がつかない。

「婚姻の儀まで一か月を切りましたし、そろそろ他国の方々もお祝いに来られるそうで、ますます城下がにぎやかになるみたいです！」

「まぁ、そうなの？　教えてくれてありがとう、ルル」

こうやってルルが周りの女官たちから聞いた話を伝えてくれるため助かっているが、ミレーユ自身には誰も教えてくれない。

（でも、どうして私には教えてくださらないのかしら？）

婚儀の細かいスケジュールを尋ねても、大抵のことは濁されてしまう。当日にきちんとお伝えしますから、と。

（当日でないと、教えたことをすぐに忘れてしまうと思われている？　それとも、なにか別の理由が？）

ミレーユは少しずつ湧き上がるわだかまりを押し流したくて、大輪のネリネが描かれているカップを手に取り、砂糖が落とされた紅茶を一口飲む。

と同時に、ナイルを筆頭に女官たちが部屋に現れた。

現在、ミレーユに仕えてくれる女官は、ナイルとセナを含めて計七人。

その七人全員がなにやら不穏な雰囲気を醸しており、ナイルに至ってはいままで見たことのないほど険しい顔でかなり立腹している。

ミレーユの体調不良を心配し、一切の手仕事と本を取り上げたあの日の朝餐《ちょうさん》とは怒りのボルテージが違うように見受けられた。

「ど、どうかされましたか？」

恐る恐る問えば、ナイルは怒りを一瞬にして閉じ込め、笑顔で「ミレーユ様、これはお断りいただいても差し支えございませんが」と、前置きして言った。

話の内容を聞けば、現在幾つかの種族が竜王へ言祝《ことほ》ぎを述べるために参上したものの、あいにくカインは公務で外出中。ならば花嫁との拝謁を、と強く願っているそうだ。

「お約束もしておりませんし、蹴散らしてもよかったのですが。祝い事の前に死者を出すのもいかがなものかと思い、お伺いを立てに参りました」

ナイルの物騒な発言からも、各国の突然の要望に憤っていることは十分に伝わってくる。

だが、ミレーユも弱国とはいえ王女として育った身だ。他種族へのあいさつを無下に拒否するような無礼はできない。

「来賓の方々へのごあいさつでしたら、私でよければ対応させていただきます」

「来賓ではございません。こちらが招いたわけではなく、勝手に集まってきた者どもですから。ミレーユ様が相手にする必要は欠片《かけら》もございません」

にべもなかった。

これが自分一人の話で済むのであれば、ミレーユもナイルの意向を受け入れたが、さすがに他国が関わるとなると話は別。カインが不在ならなおさらだ。

「私も他国の皆様方にお会いしたいです。すでに慶祝の品をいただいたお国もございますし、ぜひお礼を申し上げたいので」

体のいい理由を伝えれば、ナイルはしぶしぶながらもなんとか折れてくれた。


しかし、自分の考えが甘かったと気づいたのは、来客たちが案内されているという《絢爛《けんらん》の間》へ移動していた際、「来訪者はこの辺りの種族ばかりです」という、ナイルのいかにも厄介で傍迷《はため》惑《いわく》な集まりだと言わんばかりの口調で足された説明を聞いた後だった。

ドレイク国と同じ南の大陸は、すべて上位種族で固まっている。

（つまり、いま絢爛の間に集っている方々は、動物であった時代、弱肉強食の頂点として君臨していた種族ばかりということに……）

それは室内に足を踏み入れた瞬間、嫌というほどに察せられた。

足元から駆け上がるようなピリつく魔力。空気に混じり融《と》けた微《かす》かなものだけでも、この場に集まった来客たちが、錚々《そうそう》たる顔ぶれなのだと肌で感じ取れる。

ナイルを連れ立っているミレーユの姿に、扉付近にいた来客たちの瞳が一斉にこちらを向く。

大勢の探るような強い視線を浴び、ミレーユは一瞬のまれそうになる。

（いいえ、ここでたじろいではいけないわ！）

グッと指の先に力を込め、なんとか心を持ち直し、歩を進める。

すると、次は別の問題が発生した。

（あら？　この場合、私はどなたにどのようにお声をかけるべきなのかしら？）

絢爛の間に集まっている来客たちは、ミレーユの想定していた以上の数だ。多くても数十人程度だと思っていたが、ざっと見ただけでも数百人は下らない。

母国の祭事と同様に考え、もっと小規模の集まりだと勘違いしていた自分の愚かさに冷や汗が流れる。

そんな狼狽えるミレーユの耳に、ふいに聞き覚えのある声が聞こえてきた。

「まったく、鶴の一族に生まれておきながら機織りもせずに勝手に国を飛び出して！　そのうえ国に一切帰らず、ドレイク国の方々にご迷惑をおかけしているなんて、我が一族の顔に泥を塗る行為ですよ！」

「わたくしが一体いつ迷惑をかけたというのですか。これでも国庫統括長として、日々精を出し頑張っているというのに」

「初代竜王陛下が残したお部屋への破壊要求。お姉様の度重なる実験での爆発のことは、わたくしたちの耳にも入っております！　しかも、最近では赤竜王陛下の花嫁様にまでその魔の手を伸ばしていると言うではありませんか！」

「まるで人を外道みたいに。ミレーユ様とは楽しくお話して、研究をご一緒させていただいているだけです」

ミレーユの登場に静まり返る絢爛の間に、その一角だけは気づいておらず、争う声は激しさを増していた。

「あの……、ドリスさん？」

声と見慣れた後ろ姿にミレーユが声をかけると、その呼びかけに三人の女性がいっせいに振り返った。

「――え？」

振り向いた三人の顔立ちと佇《たたず》まいに、ミレーユは一瞬自分の目が霞《かす》んでいるのかと疑った。彼女たちはみな、ドリスと同じ顔をしていたのだ。

隣にいたルルも驚いたのか、指をさして問う。

「すごい！　ドリスさん、分裂できたんですか⁉」

「いえいえ、この二人はわたくしの姉と妹ですわ。正確に言えば、口うるさい姉のレベッカと、かしましい妹のモニカです」

なんとも雑な紹介だった。姉と指さす女性は、長い髪を首元よりも少し後ろで結び流し、妹と指さす女性は、髪を緩く編み上げていた。

髪型は三人とも違うが、顔立ちは三つ子と見まがうばかり。訊《き》けば年子だと言う。まさにうり二つの三姉妹だった。

多産系で双子、三つ子がよく生まれる齧歯族でも、これほど写しのように似ているのは珍しいと呆《ほう》けていると、姉妹は現れたミレーユが件《くだん》の花嫁だと気づいたようで、慌てて頭を下げてきた。

「眼前でご無礼を致しました！　拝謁の機会をいただき、鶴の一族を代表し心からの敬意と感謝を申し上げます！」

「この度はおめでとうございます。心より祝福させていただきます」

先に我に返りあいさつを繰り出したのはレベッカで、続いてモニカが言葉を紡ぐ。

ドリスと同じ容姿というだけで、ミレーユにとってはなじみ深く感じられ、自然とほほ笑んでしまう。

「ありがとうございます。貴国には、とても素敵なご衣装と反物を頂戴し、ずっとお礼を申し上げたいと思っておりました。お会いできて光栄です」

「「とんでもないことでございます！」」

恐縮する姉妹をしり目に、ドリスはいつもの調子でミレーユに笑いかけた。

「ここにいればミレーユ様にお会いできるかと思って参りましたら、姉と妹に捕まってしまったんです。とんだ災難でした」

姉妹との再会を災難と称するドリスに、思わず微苦笑が零れる。

ミレーユがエミリアと長年の確執があったように、どうやらどこの姉妹もそれなりに大変なようだ。

「まったく、こんなことになったのも、貴女《あなた》がわたくしとミレーユ様を引き離すからですよ！」

両手を腰に当て、ドリスが恨みがましい視線をナイルに向けた。

術の検証禁止令に打撃を受けたのはドリスも同じだったらしく、それを不服として、ミレーユが来そうな場所に当たりをつけ、張っていたところに姉妹と遭遇してしまったようだ。

「――ちょっと、ドリス。まさかナイル様にいつもそのような口をきいているの!?　花嫁様にお仕えする女官長がどれだけ特別な存在か知っての所業なのでしょうね!?」

「お姉様、竜王陛下の花嫁様にそんなに気安く話しかけないでください！　不敬ですよ！」

姉と妹の一斉攻撃に、ドリスがぷくりと頬を膨らませる。

「ご覧の通り、本当に口うるさい姉と、かしましい妹なのです」

ドリスは姉妹のお説教にもまったく動じていなかった。なるほど、こういう土台があったからこそ、ナイルの小言も華麗にスルーできるのかと、ミレーユは妙に納得してしまった。

「こちらに責任を押し付けないでください。貴女と違い、鶴の一族は礼儀正しい者ばかりです。婚儀の前に来訪することなど考えずとも分かるでしょう」

ナイルがいつもの口調で答えれば、それに加勢するように姉妹が言う。

「愚妹は反物の一枚も献上できぬ放蕩者《ほうとうもの》ですから、一族のことなど頭の隅にも思い出しもしなかったのでしょう」

「そうですよ。竜王陛下の婚儀では、一族総出で婚礼着にあたるのが習わしだと言うのに。お姉様には花嫁様をお祝いしようという心意気が足りません！」

姉の言葉は軽く流したドリスだったが、妹の最後の言葉には耳をピクリと震わせた。

「わたくしが婚儀を祝っていないなど、とんでもない濡《ぬ》れ衣《ぎぬ》です！　やろうと思えば機織りくらいできます！」

聞き捨てならないとばかりに宣言すると、勢いよくミレーユに向き直り。

「ミレーユ様、わたくしが反物を織ったあかつきには受け取っていただけますか!?」

「え？　はい、もちろんです。ドリスさんの手ずから織った贈り物をいただけるなんて、とても嬉《うれ》しいですわ」

もちろん品でなくとも、その真心だけでも十分嬉しい。しかし、そう伝える前にドリスはこころ得たとばかりに出口へと走り出してしまった。

「あの子、本気なの？」

「お姉様、ろくに織機に触れたこともないのに……」

駆け出すドリスの後ろ姿に、レベッカとモニカも唖然《あぜん》とするが、すぐに我に返り。

「ちょっと待ちなさい！　貴女は未熟どころか、織った端から摩訶不思議《まかふしぎ》な文様を作ってしまうでしょう！」

「お姉様が織機を動かしたら、力任せに壊してしまうわ！　早く止めましょう！」

どうやら二人は好き勝手に生きているドリスに物申したかっただけで、本当に機織りをさせたかったわけではないようだ。ミレーユたちが呆気《あっけ》に取られる中、鶴の一族は広間から飛び出していった。

「嵐のように去っていきましたね」

ナイルの言葉にミレーユも苦笑いを浮かべる。

だが、おかげで上位種族の強い魔力に当てられ、緊張に固まっていた身体が少し解《ほぐ》れた。

気持ちに余裕をもたらせてくれたドリスたちに感謝していると、カツカツと大理石の床を叩《たた》く音が近づき、すぐ目の前に妙齢の美女が立ち塞がった。

（どなたかしら。とてもお美しい方だけど……）

茶色に黒が混じった髪、吊《つ》り上がった亜麻色の目。上半身の細さが際立つハイウエストのドレスに、何層もの柄の違うスカートが重ねられている衣装をまとった美女に、ミレーユは瞳を瞬《しばたた》く。

彼女は小さく尖《とが》った鼻先を上に向け、早口に言い放った。

「我が一族にあいさつもせず、さきに鶴の一族などに声をかけるなんて、礼儀というものを知らないのかしら。これだから下位種族の田舎者は」

あからさまな敵意を向けられ戸惑うミレーユの前に、ナイルがスッと背にかばうように立つ。

「不躾《ぶしつけ》になんですか。そもそも、そのような決まりはございませんが」

冷徹な声が、見知らぬ美女の言い分を切って捨てる。

その切れ味の鋭い言葉の剣に、美女は怒りをむき出しにしてナイルを睨《にら》みつけた。

「決まりなど無くとも考えれば普通分かるものでしょう！　麗しの至宝の君たる我が伯母様は、この国の皇太后であり、カイン様の母君なのよ。その一族に対して礼儀を欠くなど無礼でしょう！」

「えっ?!」

（ということは、この方はカイン様の従姉妹君《いとこぎみ》？）

それを裏付けるように、後ろに控えていたセナがそっとミレーユに耳打ちした。

「あの方はティーガー国のイライザ王女です。クラウス様のすぐ下の妹君になります」

与えられた情報に、ゴクリと息を呑《の》む。

髪や瞳の色は違うが、確かによく見れば顔立ちはクラウスに似ている。

「さようですか。ですが、あの方はそのような細事は気にされないのでは？」

ナイルの淡々とした口調は変わらないどころか、どこか棘《とげ》があった。それはナイルだけでなく、付き添っていたセナたち他の女官の視線も同じだ。

皇太后の姪《めい》を相手に、この辛辣な対応はさすがにまずいのではないだろうかと、ミレーユは慌てた。

（もしもナイルさんたちが私を過度に守ろうとして、このような態度を示されているのであれば止めなければ）

「申し訳ございません、イライザ様。私の思慮が不足しておりました。どうかお許しください」

イライザへ対し謝意を口にするも、彼女はミレーユの言葉には耳を貸さず、ただ勝ち気そうな瞳を向け、値踏みするように視線を上下に動かした。

「……本当にこれが、カイン様がお選びになった花嫁だと言うの？　伯母様と違って魔力も微量、容姿だって貧相じゃない。伯母様は我が国随一の魔力と美貌を持ち、惰眠ばかりの黒竜王に代わり、国策を練るほど才智《さいち》に長《た》けた方なのよ」

「――――っ」

皇太后が黒竜王と共治を取っていたという事実を聞かされ、一瞬息が詰まる。

これほどの大国の政を取り仕切るとなれば、相当の度量と知性が必要だ。

いまだにドレイク国のことを十分には理解していないミレーユには、雲をつかむような話だ。

（薄々気づいてはいたけれど、やはりすごい方だったんだわ）

下位種族のミレーユと上位種族の皇太后とでは、もっている魔力も才覚も、あまりに違いすぎる。

皆が口を噤《つぐ》み、ミレーユに伝えようとしなかったこともいまなら頷《うなず》けた。

（ずっと皇太后様のことを教えてもらえなかったのも、私を気遣って、あえて情報を伏せていたのね……）

唇を噛《か》みしめ、狼狽える姿を見せまいとするも、動揺は隠せず。

その姿に気をよくしたのか、イライザは鼻で笑った。

「貴女は、カイン様のためになにができるのかしら？」

（私が……、できること？）

瞬時に答えられずにいると、呆《あき》れたような声がふりかかる。

「まったく、なぜカイン様はこんなちんくしゃをお選びになったのか、甚だ疑問だわ」

「いい加減に――」

「姫さまはちんくしゃなんかじゃありません！」

静かにブチ切れようとしていたナイルが冷徹な一声を放つ前に、大きな声をあげたのはルルだった。

齧歯族といえど、本能的な恐れを猫以外に持たないルルに、虎族の威圧は通用しない。

脅えなど一切持たず、純粋な怒りを発しながら詰め寄ってくるルルに、イライザもぎょっとして怯《ひる》む。

「さっきからいじわるばっかり！　姫さまはちんくしゃなんかじゃありません、撤回してください！」

「ルルっ」

庇《かば》おうとしてくれる気持ちは嬉しいが、この場でイライザに言い返せば虎族と不和が生じてしまう。

それだけは避けたいミレーユは、ルルを止めようと腕を伸ばした。

そのとき――

「なんの騒ぎだ？」

朗々とした声が、広間に響き渡った。

現れたのはゼルギスを連れたカインだった。

外出先から戻ったばかりなのか、右手に持っていた外套《がいとう》を従者に渡すと、長い脚が優雅な足取りでこちらに近づく。

カインの靴音以外、すべての音が消え、広い室内がシーンと静まり返る。

周りにいた来客たちも若き竜王の登場に息を呑み、命じずとも道を空け、まるでそうすることが当然のようにそろって腰を折り、敬服を捧《ささ》げる。

上位種族の中にいてもひときわ異彩を放つカインに、さきほどまで尊大な態度を取っていたイライザまで頭を下げている。

ミレーユも慌てて同じ体勢を取ろうとしたが、それよりもさきにナイルの右手が伸び、静かに制された。

「ミレーユ様はこの者たちとは違います。竜王と花嫁は対等なお立場ですから」

暗にけっして頭を下げるなと言われ、ミレーユは直立不動でカインを待つしかなかった。皆が頭を下げる中、この姿勢は非常に居心地が悪い。

そのせいで、「どうした？　なにかあったのか？」と問いかける彼の質問にすぐに対応できず、先に発したのはルルだった。

「この方、姫さまのことちんくしゃって言ったんです！　許せません！」

糾弾するようにイライザを指さし怒りを露《あら》わにするルルに、カインは考え込むように首をひねり。

「ちんくしゃとはどういう意味だ？」

「――……え？」

牙をむいていたルルの表情がすん、と真顔になり、ゆっくりとカインへ向き直る。

ルルは、しばし無言でカインの顔を見つめた後、今度はくるりとミレーユの方を振り返り質問を投げた。

「姫さまっ、ちんくしゃってどういう意味ですか⁉」

「知らずに怒っていたの⁈」

てっきり言葉の意味を理解して腹を立てているかと思いきや、実際は分かっておらず、イライザの露骨な態度に、イヤなことを言われたと反射的に怒っていただけのようだ。

「えっと……意味は……その……」

ミレーユも、『ちんくしゃ』がおそらく誹《そし》り言《ごと》の一種なのだろうということは分かる。

（でも、〝おそらく〟程度の認識で答えるのは……）

迷っていると、何を思ったのかカインはそっとミレーユの前に立ち、その端整な顔を向けた。

「ミレーユへあてた言葉なら、それはきっと――」

耳に馴染《なじ》んだ優しい声も、久しぶりに聞くとドギマギする。

以前、母国から帰国した際、カインから接触の機会を増やしてほしいという要望を受け、ミレーユは羞恥を抑え、亀の歩みなりに頑張った。その甲斐《かい》もあってか、彼の美麗すぎる容姿に少しずつ慣れてきたと思っていたのだが、どうやらしばらく会えていなかった時間のせいで、耐性は完全にリセットされてしまったようだ。

光の渦を放つような美貌がチカチカと眩《まぶ》しくて、反射的に目を閉じてしまいたくなる。

そんな直視できないでいるミレーユをカインはうっとりと眺めると、強く豪語した。

「きっと、愛らしいと言う意味だろう。当然だな！」

「――え？　え？……え？」

イライザのミレーユに対する憎しみと尊大さが入り混じった瞳から見ても、そういった類のものではないだろうことはさすがに分かる。

けれどそれを伝えてしまえば、この場の雰囲気をより苛烈なものにしてしまうだろうことは必至。彼を従姉妹と争わせたくはない。

こういうとき、どういうリアクションが一番摩擦を少なくするのか悩んでいると、カインの解釈にいきり立っていたルルがしょぼんと肩を落とした。

「ふぇ？　悪口じゃなかったんですか？　ルル、勘違いしていました。ごめんなさい」

「ルルはすぐに謝ることができて偉いですね！」

すぐさまイライザに謝罪するルルの頭を、ゼルギスがここぞとばかりに撫《な》でまわす。

そんな見るものが見れば和やかなワンシーンが広がる中、当のイライザはふるふると身体を戦慄《わなな》かせ、「なんなのよ、この茶番は！」とばかりに怒りを露わにしてカインに問い質《ただ》した。

「カイン様っ、なぜです!?　なぜこの子をお選びになられたのですか!?」

「――？　私がミレーユを選んだんじゃない」

さらりと答えたカインの言葉に、ミレーユは心臓をつかまれたような心地になる。

（カイン様に、選択権はなかった？）

ならば彼の気持ちは自分になかったということだろうかと、一瞬生まれた不安。

しかし、カインが次に発した言葉の威力は、それを上回るものだった。

「私がミレーユに選ばれたんだ！」

どやぁと誇らしげに言われ、これにはイライザだけでなく、ミレーユも固まった。

堂々とした彼の宣言に、一瞬でも彼の気持ちを疑った自分が恥ずかしくなる。

が、恥ずかしさと居たたまれなさに赤面している場合ではない。

こんな上位種族ばかりが集まった場で、まるでミレーユの方がカインよりも優位であるかのような発言などとんでもないことだ。

「そ、そのようなお言葉は恐れ多すぎますっ」

声をなんとかふり絞り伝えるがカインは聴いておらず、久しぶりに会えたミレーユの姿に浮かれすぎて、周りなどどうでもいいとばかりだ。カインの態度に、案の定イライザは怒りを露わにした。

「こんなっ、伯母様とは雲泥の差の娘のなにがいいというのですか!?」

「雲泥の差というなら、私にとっての泥は母上ということになるが」

至極当然とばかりに答えるカインに、イライザの顔色がサーッと青く染まる。ワナワナと震えている唇と指が、その驚愕《きょうがく》を表していた。

「……わたくし、今日はこれで失礼いたします……――ですがっ」

ぎゅっと唇を引き結び、イライザはキッとミレーユを睨みつけた。

「こんなちっぽけな娘をお選びになったこと、いずれ絶対に後悔しますわよ！」

ドレスの裾をひるがえし、去り際に放った叫びも、カインは雑音にもならんとばかりに聞き流しており、そもそも視線がイライザに向いていなかった。

彼にとっては上位種族の虎族ですらまったく眼中になく、唖然としている周りの他種族を気にする様子もなく、ただ嬉々《きき》としてミレーユに話しかける。

「せっかく会えたんだ。後で散歩に行かないか？　ちょうどミレーユの好きなカラーの花が満開を迎えて――」

「はい。では、そろそろ参りましょうか」

誘いの言葉が言い終わる前に、傍らにいたゼルギスがパンッと両手を打ち、彼の腕を引く。

「よかったですね。ひと時でもミレーユ様とお会いできて。それでは、次は海底観測が待っておりますよ」

「なっ、ちょっと待て！」

まだろくに話もしてないだろうぉおお、という叫びが広い室内に響き、そして掻《か》き消える。

一連の騒動は、ドリスが去った時以上の混乱ぶりだった。

そんな騒然とする会場内で、数人の客たちがコソリと話し合う。

「どうやら今回の竜王陛下と花嫁の御関係は正常のようだな」

その後、広間に残されたミレーユだったが、なんとか各国の王族や要人たちとのあいさつはつつがなく終えることができた。

もっとも、それはナイルの取り成しがあったからにすぎず、一人では無理だっただろう。

いままで下位種族との交流しかなかったミレーユにとって、大勢の上位種族とのあいさつは不慣れで、差配がまったく分からなかったのだ。

「皆様が思っていた以上にお優しかったからよかったものの……」

入室時は探るような視線を向けられたミレーユだったが、カインが去った後はそういうこともなく。イライザのように下位種族扱いされることもなかった。

それどころか、なぜか安堵《あんど》の笑みすら浮かべていたように思う。

（あの好意的な空気感は、カイン様の御威光の賜物《たまもの》かしら？　でも、それだけではない何かを感じたのは気のせい？）

とくに、鰐《わに》族の大使が言っていた言葉が心に引っかかる。

『いやはや、今回の花嫁様は花嫁様らしくいらっしゃる。安心いたしました』

真意が分からず聞き返そうとしたが、横にいたナイルがごほんと咳払《せきばら》いをし、目配せをした途端、大使はそそくさとどこかに消えてしまった。

「あれは、どういう意味だったのかしら？」

皇太后が共同統治者として優れた才を持ち合わせていると知ったいまは、とくに第三者の会話の一つ一つが気にかかる。

こういう手探り状態の時、自国ではいつも――――。

（ごめんなさい、ナイルさん！　少しだけ……、少しだけで、すぐに戻りますので！）


自室をそっと抜け出したミレーユが足を運んだ先は、来賓も自由に散策ができる庭園だった。

この庭園は、いつもは女官と一緒でなければミレーユ一人では歩くことを許されていないエリアだ。

「もしかしたらさきほどの鰐族の方が来ていらっしゃらないかと思って期待したけれど、誰の姿も見当たらないわね……」

ちょっとだけのつもりで忍び込んだが、ナイルに見つかればお灸《きゅう》をすえられるだろう。

（でもこの感じ、少し懐かしいかも）

自国でも父から禁止されていた図書館の利用を隠れて行ったり、女には必要ないと切り捨てられた勉学を、兄が自室に置いていった本から学んだりしたものだ。

とはいえ、抜け出すさいルルには行き先を告げ、協力を仰いだ手前もある。誰かに見咎《みとが》められるリスクは避けたい。

ミレーユはすぐさま撤退を決め、規則的に並べられた枕木の園路を引き返すことにした。

「――あら？」

戻る途中、何気なく空を見上げれば、滑空する鳥が目に入った。

（あの鳥、空中庭園で見た子だわ）

幼いときから、動物を見分けることには自信があった。鳥などすべて同じに見えるという者もいるが、大きさや羽の色、声や空を舞う動きなど一匹一匹に個性があり、その違いは三つ子のように似ているドリスたちよりも明確だ。

「この辺りに住んでいる子かしら？」

ぽつりと呟くと。

「あれは私の子飼いです」

「!?」

空を舞う鳥に気を取られていたせいで、すぐ近くに来ていた人物に気づけなかった。

つい面食らった顔をしてしまったミレーユに、その人物はほほ笑みを浮かべ、礼儀正しく腰を折った。

「突然のお声かけ失礼いたしました。お初にお目にかかります、イーグル国鷹《たか》族領主、ルトガー・イーグルと申します。どうぞお見知り置きを」

（鷹族……？）

鳥綱族ではなく、鷹族だと名乗る青年に、ミレーユの身体が強張《こわば》る。

本来、どの種族もひとまとまりの族名を嫌い、祖先の名称で呼ぶことを好む。

けれど下位、並の中位種族程度ではそれは許されず、祖先の名称を呼ぶことが許されるのは上位種族か特別な種族のみ。《鷹族》と自称できるのは、それだけ彼の祖先がカースト上位だったことを意味するのだ。

（そうだわ。鳥綱族の最上位種が、確か鷹族だったはず）

上位種ばかりが集まる南の大陸で、唯一の鳥綱族。鳥の王だ。

確かに彼の衣装はその位に相応《ふさわ》しく、身体全体を包み込むような白地の衣は最高品質の絹。金糸の刺繍が細かく施され、とくに首回りや袖は、白地と対比するがごとく豪華に彩られている。

しかしミレーユが気になったのは、そんな異国感あふれる衣装ではなく、彼のつけている額飾りの方だった。多数の宝石が使用されている額飾りは、木の葉を模《かたど》った金の飾りが下がっており、ときおり風で揺れる。仮面の意味も成しているのか、顔の上半分を覆い隠していた。

「こちらこそ、気づくのが遅れて申し訳ございません。グリレス国第一王女、ミレーユ・グリレスと申します」

上位種族とはいえ、柔和な笑みを浮かべ穏やかな雰囲気を纏《まと》うルトガーには、さきほど絢爛の間で感じたような恐れは抱かず、自然とあいさつを交わすことができた。

「この度のご婚約、誠におめでとうございます。まさか、こんな短期間で二度も竜王の婚儀に出席できるなど思ってもいませんでした。本当に喜ばしい限りです」

上位種族は下位種族と違い、寿命が長い。

鷹族の彼も、齧歯族に比べれば長い時を生きるが、竜族はそのまた上。

長い寿命を持つがゆえに、竜族の婚姻は他種族に比べて遅いのが常で、カインのように十八歳で婚儀を迎えるのは異例中の異例だった。

さきほどの会場でも、同様の発言をもれなく全員から頂戴していた。

「赤竜王陛下はすべての儀式がお早い」

そう、これも結びのようにセットで。

あの時は緊張もあってあまり深く尋ねることができなかったが、すべての儀式の『すべて』とは、婚礼以外で何を指しているのか気になる。

（ルトガー様なら教えていただけるかしら？）

ちらりとルトガーを見上げれば、彼は穏やかな笑みを口元に湛《たた》えると空を仰いだ。

「花嫁殿、せっかくですので、あの子にもあいさつの機会をお与えください。——フェイル」

その声に答えるように、さきほどまで空を飛翔《ひしょう》していた鳥が、彼の長い革手袋をはめた腕をめがけて急降下した。

近くで見ると、遠くから見ていたよりもはるかに大きい。

「さぁ、お前も赤竜王陛下の花嫁殿にごあいさつなさい」

フェイルは、ぎょろりとした目をミレーユに向けると、まるで彼の言葉を理解しているかのように頭を下げ、ピィーピィーと鳴いた。

鋭い嘴《くちばし》に大きなかぎ爪をもつ雄々しい姿とは裏腹に、なんとも可愛《かわい》らしい声だ。

「まぁ、とても賢い子ですね」

「この子は同じ後鳥に比べても有能ですが、聞き分けの良さは私の能力が関係しています」

「能力……ですか？」

「私たち一族は風の術を得意とし、後鳥を使役する能力がございます。使役する力の強さは魔力にもよりますが、王族となるとこの一帯の鳥すべてを使役することも可能です。もっともそれは有事のさいのみで、本来はフェイルのような特別な後鳥を一匹選び、相棒とするのが習わしです」

「フェイルはルトガー様にとって特別な存在なのですね」

「ええ。出立が遅れ、ごあいさつの場に間に合わず途方に暮れておりましたが、この子の散歩に付き合ったおかげで、こうやって赤竜王陛下の花嫁殿にお会いすることも叶いました」

彼の話を興味深く聴いていたミレーユだったが、一瞬「あれ？」と、なにか違和感を覚えた。

自分は何に対してそう感じたのか考え込もうとしたとき、ルトガーはフェイルを空へと放すと、おもむろに地面に片膝をつき、ミレーユに頭を下げた。

「!?」

それは臣下が主君に捧げる最敬礼に匹敵する儀礼だ。

ミレーユは瞠目《どうもく》し、慌てて制止しようとしたが、それよりも先に彼が滔々《とうとう》と語る。

「ここでお会いできたのも、我が一族の始祖神が、貴女様に礼を告げろと、この場をお与えくださったのでしょう。この巡り合いに感謝しなければ」

「私に礼？……何のことでしょう？」

問えば、彼は伏せていた頭を上げ、ミレーユを見つめて言った。

「十年前、赤竜王陛下が出された紛争禁止の布告は、花嫁殿の希求があったからとお聞きしております」

「あ……」

「当時、我が一族は熊族と対立しており、血で血を洗う戦が長きに渡って続いておりました。両国共に多数の死者を出すも休戦には至らず、どちらか一方が滅びるまで終結は難しい状況下でした」

（それほど大きな戦があったなんて……）

南の大陸の歴史については、読書禁止令がナイルから言い渡される前、一度だけ図書館の本で知る機会があった。

しかし内容は簡潔で、近隣諸国について記されていたのも年表に時系列のみ。規模については記述がなく、それほど大きな争いだったとは想像もしていなかった。

「ドレイク国からの御触《おふ》れが出ていなければ、確実に犠牲者の数は増え続けていたことでしょう。赤竜王陛下に助言していただき、感謝申し上げます」

ルトガーがさらに頭を下げようとしたため、ミレーユは慌てて両手を振った。

「すべてカイン様のお力があってこそです。私はなにもしておりませんわ」

十年前、竜族によって世界各国に出された争いを禁止する布告。

ミレーユはずっと前竜王が出したものだとばかり思っていたが、けれどそれは間違いで。

実際に提言し、指示したのは当時まだ幼かったカインことヴルムだったという。

この事実をナイルに教えてもらったときは、どれだけ驚いたか。

「ですから、お礼でしたら私ではなく、どうかカイン様に」

ミレーユの言葉に、彼が小さく笑った。

「いいえ。赤竜王陛下は花嫁の願いだからこそ耳を傾け、実現に至ったのです」

（竜族には強大な力を持つがゆえに、他国に干渉しない制約がある。きっと、鷹族と熊族の諍《いさか》いに介入しなかった経緯も、そのことが大きいのね）

そう思案するも、しかし続く彼の見解は、それとは違う意味深なものだった。

「そうでなければ、どれだけ救済を懇願しようとも、たとえ世界が荒廃の道を辿《たど》ったとしても、けっして聞き入れてはくださらなかったでしょう。花嫁が願わない限りは。逆にもしも花嫁が世界のすべてを我がものにと願えば、赤竜王陛下は直ちにそれを実行するでしょう。花嫁のためならば世界を滅ぼすことすら厭《いと》わない。――竜とは、そういう生き物ですから」

静かに詩を読むかのような抑揚のない声だった。

「世界を滅ぼす……？　カイン様は、そのような馬鹿げた願いを実行されるような方ではございませんわ」

底冷えするような話を、ミレーユはすぐさま否定した。

彼はそれに言い返すことはなく、すっと立ち上がる。金銀に輝く仮面の奥から微かに見える黒青色の瞳が鋭く感じられるのは、彼が鷹の末裔《まつえい》だからだろうか。

「もちろん赤竜王陛下が無慈悲な方とは申しませんが、貴女様へ注ぐ執着には計り知れないものがございます。なにせ――」

彼が次の言葉を紡ごうとすると、遠くからルルの元気いっぱいな声が聞こえてきた。

「姫さま～っ。そろそろ戻らないとナイルさんに見つかっちゃいますよ～」

勢いよく駆けてくるルルの姿に、ルトガーは開いていた唇を閉じ、足を一歩後退させた。

「お迎えの方がいらっしゃいましたね。それでは、私はここで」

そう言って辞去の礼をすると、くるりと背を向けた。

入れ違いで去るルトガーの存在に気を留めたルルが、「ん？」と横目で彼を見る。

「……あの方、どなたですか？」

「鳥綱族の中でも最上位種、鷹族のルトガー・イーグル様よ。少しお話をさせていただいていたの」

ミレーユの説明に耳を傾けながらも、ルルの視線はルトガーの後ろ姿に向いていた。

その表情はお世辞にも好意的なものとは言えず、眉間に皺《しわ》を寄せ、口の端も曲がっている。

「ち、鳥綱族といっても、とても礼儀正しくてお優しい方よ。怖い方ではなかったわ」

ルルは鳥綱族に対しても本能的な恐れは持たないが、隣国の有鱗族《ゆうりんぞく》と鳥綱族にはさんざん辛酸を嘗《な》めさせられてきたためか、ルルはヘビと鳥が大嫌いだった。

ルトガーが彼らと同じだと誤解されないよう、慌ててフォローをいれるが。

「ルル、ヘビとトリとネコは大キライです！」

キッパリと断言し、ふんっと横を向く。

「そう……。でも、頭にけだまを乗せて猫は嫌いと言っても、あまり説得力がないんじゃないかしら？」

今日も今日とて、けだまは自分の定位置はここだとばかりに、ルルの頭の上に陣取っていた。

傍から見たらとっても仲良しの光景に、つい口が滑ってしまう。

「これはルルが好きで乗せているわけじゃなくて、コイツが勝手に乗ってくるんです！」

そう言って、頬をパンパンに膨らませて怒るルルをなだめるのには、少し時間がかかった。


「やっぱり、私の覚えている範囲では全然足りないわね……」

ルトガーとの会話から思い立ったミレーユは、本で読んだ記憶をたよりに年代記を紙に書き写してみたのだが、北の大陸のことはするすると書けても、南の大陸は空白ばかり。

どれだけ己が無知蒙昧《むちもうまい》かを、まざまざと見せつけられている気分だ。

（ドレイク国の歴史も、それに関わる近隣諸国のこともまったく知識足らずなんて。このままでいいはずがないわ）

皇太后が共同統治者として優れた才を持ち合わせていると知ったいまはとくに。

「せめて第二の故郷となる南の大陸のことはもっと知るべきよね」

このまま悩んでいるだけではダメだと、なんとか読書禁止令と図書館の出入りだけでも解禁にしてもらわなければとナイルのご機嫌を窺《うかが》いつつ必死に懇願したのだが、あえなく却下。

ならばと、世界を自由気ままに流れ渡るローラなら、他国の歴史にも詳しいのではないかと考え、彼女の授業を増やしてほしいと嘆願するも、

『ローラの授業など一番心身に障ります！』

と、すごい勢いでこちらも却下されてしまった。

ローラは竜族の医者である医竜官だというのに、扱われ方が破綻者のそれだ。

ミレーユからすれば、たくさんの知識を持ち合わせた大人の女性なのだが、ナイルの見解はまた少し違うらしい。

「ローラ様の授業もダメ、手仕事も読書も勉強もダメ……あとは……なにか……」

ちなみにルルは、手探り状態のミレーユと違い、毎日楽しく労働に勤《いそ》しんでいた。

今日は親しくなった庭師と一緒に、ガーベラの花を植える約束をしたらしく、小さなスコップを片手に「お花をいっぱい植えてきますね！」と宣言し、意気揚々と出かけて行った。

思わず「私も一緒に植えたいわ！」と縋《すが》りそうになったが、当然ナイルからのお許しが出るはずもなく。

（どうしよう……私、このままでは不安と、なにもしていない罪悪感から気を病みそうだわ）

この胸のわだかまりをカインに相談すれば、心も落ち着くのだろうが、それではただ自分の心配事を解消したいだけの自己満足になってしまう。

多忙な彼をそんなことで煩わせるわけにはいかない。

なにより、婚儀まで会えないという仕来りにも差し障る。

（自分の感情くらい自分でコントロールするべきだわ。いままでだってけっしてできなかったわけじゃないでしょう）

一呼吸して、己に言い聞かせる。

母国でも、どれほど打ちひしがれることがあっても、感情を律してきた。

カインという頼れる相手がいるからと、むやみに甘えてはいけない。

ミレーユは両手で頬を押さえ、悶々《もんもん》とする心をなんとか鎮めようとぎゅっと目をつぶった。

そこに、バァン！　と勢いよく扉を開ける音が室内に響いた。

「ミレーユ様、祝いの品を献上に参りました！」

「へ？」

先日の絢爛の間で、颯爽《さっそう》とどこかに消えてしまったドリスの登場に、ミレーユは目を瞬いた。

「ドリスさん……と、ナイルさん」

ドリスの後ろには、怒り心頭のナイルの姿があり、その額には青筋が浮かんでいた。

どうやらナイルの目をくぐりぬけ、強行突破をしたようだ。

竜族の中でも魔力が高く、隙の無いナイルを出し抜くドリスの技量に感心していると、彼女は恭しくミレーユに一枚の布を差し出した。

反物というにはあまりにも短く、ハンカチ程度の大きさのそれを両手で受け取ると、小さな布地にはびっしりと不思議な文様が浮かんでいた。

隣で窺っていたナイルが、その布に目をやった途端、「ひっ！」と悲鳴を漏らした。

小さな布の中には、化け物と称するに相応しいドロドロとした生き物が絹糸で表現され、口を大きく開いて阿鼻《あび》叫喚《きょうかん》のうめき声をあげているかのようだ。

いったいどんな織りと染色がされたのか不明だが、これでもかというほど禍々《まがまが》しさが際立っている。

「これは……よもや、ミレーユ様に呪いをかけようとしているのではないでしょうね?!」

ナイルの声は、動揺のあまりうわずっていた。

「失礼な！　誠心誠意、心を尽くして織った一品ですよ。この両手が目に見えないのですか!?」

そういって突き出したのは、傷だらけの指先。

ドリスのささくれ一つなかった指を知っているだけに、その努力と根性と真心、出来栄えにミレーユは心を震わせた。

「既存のものに囚《とら》われない、なんて新しい意匠でしょう。ドリスさんの独創性が込められた、とても素晴らしい品ですね。ありがとうございます、大切にします！」

いつも色や形の整合性ばかりを気にして針を刺すミレーユには、ドリスのような斬新な意匠は到底考えつかない。

心からの感謝を伝え、大切に布地を胸にしまい込むと、なぜかナイルが驚愕の表情を浮かべていた。その顔には「正気ですか、ミレーユ様?!」という戸惑いが張り付いていた。

ドリスの方は、ミレーユの言葉が上辺だけの世辞でないことに気をよくし、照れくさそうに頬を染める。

「鶴の一族に生まれ、いままでどれだけ強制されても機を織ることを断固拒否してきましたが、ミレーユ様にそれほど喜んでいただけるなら、またチャレンジを「やめなさい！」

ドリスの言葉を遮るように、ナイルが青い顔で叫ぶ。

どうやら本気で恐れおののいているようだ。

そんなナイルの心中など一切感知しないドリスは笑顔で続けた。

「今回のことで痛感しましたが、何事も食わず嫌いはダメですね。新たなものに触れることによって、新たな感性が花開いた気がします。やはり色々なものに目をやることが大切だと実感いたしました」

ミレーユなどよりずっと博識な彼女ですら、常に新しい知見を求めている。

その貪欲なまでの探求心が、現在身動きの取れないミレーユには眩しく、つい表情が曇ってしまった。

「どうかされましたか？」

睫《まつげ》を伏せ、神妙な面持ちのミレーユを心配してか、二人が顔を覗き込む。

日に日に増す焦燥感。もはやこれ以上は耐えられそうもなく、ミレーユは無理を承知で、もう一度ナイルに訴えた。

「ナイルさん、どうかもう一度だけ私にチャンスを頂けないでしょうか。針仕事も読書も、今度は絶対に無理はしないとお約束いたします。ですから、どうか……！」

必死の懇願も、やはりナイルの表情は動かず。

却下の言葉が唇から発せられようとしたとき、それより先にドリスが叫んだ。

「術の検証だけでなく、すべてミレーユ様から取り上げたのですか!? それはもう虐待じゃないですか！　歴代竜王陛下が花嫁を軟禁する例は多いとはいえ、女官長が何をしているのです！」

（竜王が花嫁を軟禁する例は幾度もあるのですか!?）

思わずそちらの方に驚きの重点が向いてしまった。

「なっ！　わたくしをあの方々と一緒にしないでください！　わたくしはミレーユ様のご体調を第一に考えて」

「一緒ですよ。花嫁のことを慮《おもんぱか》っての行動だと思い込んでいるところがとくに」

「ぐっ……！」

真顔で答えるドリスに、ナイルが言いよどむ。

「齧歯族は過酷な環境下で育ち、ただでさえ食糧備蓄を確保するための労働を尊ぶ一族ですよ。逆に何もしない時間が多いと不安になり、心を病む者も多いんです。――貴女は、ミレーユ様があり余る時間をただ漠然と過ごせる方だと思っているのですか？」

半眼で諌《いさ》められ、ハッとしたようにナイルがミレーユの顔を窺う。

肌のキメや髪質は良好だが、黒曜石の瞳は以前と比べて元気がない。

無意識に小さなため息を零しそうになり、すぐに気づいて手のひらで止める仕草も、ここのところよく見受けられた。

言われてみれば、毎夜針仕事で忙しくしていたときよりも、いまの方が病人のようだ。

「過保護も過ぎれば虐待です。わたくしにとってもミレーユ様は大切な方なのですから、粗末な扱いは止《や》めていただきたい！」

「わたくしが……ミレーユ様に対して粗末な扱いを……？」

「あ、あの、ドリスさん、お気持ちは嬉しいのですが、ナイルさんがショックを受けていらっしゃるので、もうその辺で！」

ビシッと指を差しナイルを糾弾するドリスに、ミレーユは慌てて間に入る。

ドリスの口撃によって、ナイルのライフはもうゼロだ。ぶるぶるとショックに打ち震えている。

「さすがにそれほど深刻な状況には陥っていませんから！　ナイルさんが私の体調を心配してくださっているお気持ちも十分理解しておりますし！」

ミレーユの取り成しに、なんとか持ち直したようで、ナイルは頭を抱えながらも声を絞った。

「分かりました。時間は限らせていただきますが、一度撤収したものはお返しいたしましょう」

「！　ありがとうございます！」

思ってもいなかったドリスからの援護で、ナイルの許しを得ることに成功したミレーユは顔を綻ばせた。しかし、ドリスはそれだけでは納得せず、尚《なお》も言う。

「このさいです、他にご要望はありませんか？　竜族は、ストレートに言われなければ物事を理解できない鈍感な種族ですからね。言いたいことはすべて言ってしまいましょう！」

「他の要望ですか？」

針仕事と読書が解禁になっただけでも収穫は大きい。

これ以上は……と、考え込み、あることが頭に浮かぶ。

「でしたら、もっとこちらのお国のことをお聞きしたいです。歴史や礼儀など、私は不勉強な点が多いので、教えて頂けると助かります」

できれば南の大陸の国々、とくに十年前にあったと言う鷹族と熊族との争いの経緯を知りたいが、ナイルは勘がいい。突然ある一定の国の名をあげれば、不審がられてしまうかもしれない。

勝手に抜け出し、ルトガーと出会ったことは伏せておきたいミレーユは、近隣諸国のことは図書館で情報を得ようと考え、まずはドレイク国の情報を求めることにした。

意外にもその訴えに応えたのは、ドリスだった。

「でしたら、まずは《来歴の回廊》をご覧になられてはどうでしょう」

「来歴の回廊……ですか？」

知らぬ名に、ミレーユは目をパチパチさせる。

「あそこは七匹の古代竜の絵がありますからね！　ドレイク国の歴史をお知りになられたいなら、やはり古代竜の存在は外せませんせん！」

まさにうってつけだと豪語するが、ナイルの方は難色を示した。

「外せぬも何も、ただ古い絵というだけではないですか」

「まぁっ、これだから竜族は！　そうやって目の前にあるものを袖にしていると、眼《め》が曇ってしまいますよ！　しっかりと見据えれば、見えてこなかったものすら見えるようになるというのに！」

眉間にシワを寄せて憤るドリスをナイルはさらりと無視し、ミレーユに向き直る。

「ミレーユ様のお心のままにいたしましょう。わたくしの行き過ぎた管理のせいで、こんな禍々しいものをあれほどお喜びになられるほど心を弱らせてしまったのですから」

せめてわたくしにできることはすべて叶えましょう、と言って、ナイルはちらりとミレーユの手にある、ドリスからの祝いの品に目をやった。

布切れからは相変わらず黒い煙がくすぶっているかのような不穏さが漂っていた。

「なぜ私の作品を引き合いに出すのですか！　それとこれとは話が別でしょう！」

プンプンと怒るドリスを宥《なだ》めつつ、ミレーユはその提案に乗ることにした。


先導するドリスに引っ張られるように向かったのは、北の翼棟。

ドレイク城の敷地面積は国がまるまる入るほど広く、ミレーユが足を踏み入れたことのない棟や部屋は多い。北の翼棟はその一つだった。

豊富な外光を取り入れることのできる全面ガラス張りの回廊を抜け、磨きあげられた木製の螺旋《らせん》階段を上がり、金と緑で彩られた唐草文の絨毯《じゅうたん》の上を歩き。

やっと着いた来歴の回廊は、「回廊？　大広間では？」と首を傾げたくなる規模の広さだった。

等間隔に設置された柱も、美術品の一つとばかりに緻密な植物文様の装飾が施され、中央に敷かれたクリーム色の絨毯の上を歩けば、壁には大小それぞれの絵画が飾られていた。

何度見渡してもやはり回廊というには広すぎる。

それでも一枚一枚のキャンバスが大きいため、絵画は遠目からでもハッキリと目に映った。

（風景画や姿絵……素敵な絵がたくさん並んでいるわ）

景色をそのまま切り取ったかのような細密なものから、独自のデッサン力をみせるものまで。

左右に飾られた絵を交互に見つめながら歩いていると、ある場所でドリスが足を止めた。

「ミレーユ様、こちらです。こちらの絵が、現存する中でも一番古い、七匹の古代竜を描いたものです」

描かれていた七匹の古代竜は、幼いときにミレーユが読んだ『勇者エリアスの物語』の絵本の竜と同じ姿だった。

大きな翼と長い首をもち、身体中を覆う鱗《うろこ》と長い爪。

だが、残念ながら七匹の古代竜を描いた絵は――ひどく小さかった。

「あの赤い竜が、初代竜王陛下であらせられる赤竜王陛下です」

「……赤い？」

どの竜だろうと、ミレーユは七匹の竜を順番に見つめた。しかし皆黒いインクで描かれており、色の違いが一目では分からない。

目を細めれば微かに色がついているようにも見えなくもないのだが色あせており、絵具の剝落も多い。なにより他の絵と比較しても小さく、ミレーユの両手サイズしかなかった。

距離を詰めて間近で見つめてもいまいちわかりづらいが、ドリスは一つ一つ指さしながら丁寧に説明してくれた。

「右から順に赤竜、青竜、黄竜、緑竜、紫竜、白竜、黒竜です。色に序列があるわけではございませんが、赤竜だけは特別です。他の竜を束ねる、世界の守護神様ですから！」

守護神というフレーズに、あの夜に読んだ本の内容が脳裏によぎる。

神が定めた守護神。この世界を守り、そしてその役目を手放したと記されていた赤い竜。

「赤竜の権威が他の竜と異なる理由は、初代竜王陛下のお色であったこと。なおかつ、カイン竜王陛下を除いて、竜族の長い歴史の中でもいらっしゃらず、もはや初代竜王陛下以外では出現しない色だとされていたからです」

（齧歯族にとって竜族は神に近い存在だけど、カイン様はその中でも特別なのね……）

ドリスの説明に、ゴクリと息を呑む。

「ミレーユ様もすでにご存じかと思いますが、竜王の血族はみな生まれたときは七色をもって生まれ、成竜になると色が分かれます」

「はい、カイン様に教えていただきました」

これは、どの種族でも王族であれば常識として教わるものだったが、残念ながらミレーユはそのことを知らされずに育ったため、ヴルムとカインが同一人物だとすぐには気づけなかった。

己の無知さを思い出すと、恥ずかしさに赤面してしまう。

「七色でお生まれになられても、どの色を持つかについては、生まれた瞬間に分かるものだともお聞きしました」

曰《いわ》く、血の近い同族ゆえの感知力が働くのだそうだ。

これに、ナイルが「はい」と肯定した。

「カイン様がお生まれになったときも、すぐに赤竜だと理解致しました。……魔力の質が、我々とは異なる異質なものでしたから」

当時は誰もが驚き、緊張が走った。それほど赤竜の誕生は異例のこと。単純な快報として扱えるものではなかったという。

「わたくしたち竜族にとって、魔力というものは、高ければ高いほどいいというわけではございません。身に余るほどの膨大な力は、竜自身ですら制御不可能となり、この世に混沌《こんとん》をもたらします。とくに、赤竜は過去を遡っても初代竜王陛下以外いらっしゃらず、赤竜の性質についても記述された文献がございませんでしたので、なおさらのことでした」

カインの魔力制御は下位種族のミレーユから見ても完璧で、よほど気持ちが荒ぶらない限り魔力が零れることもないため危機感を覚えたことはなかったが、竜族の中ではカインの出生は大きな混乱だったようだ。

(赤竜の性質……ん？　この仰り方だと、まるで色によって性質があるかのような)

不思議に思って問えば。

「竜は色によって多少性格が似通います。例えば、黄竜はお調子者と申しますか、とにかく享楽を優先致します。反対に白竜は神経質で融通が利かない傾向にあります」

ナイルの説明に、ドリスが付け加える。

「基本的に温和だと言われているのは青竜と緑竜ですね。この二つは出現の多い色でもあります。……まぁ、他の色の竜に比べれば温和と言われているだけで、実際はそうとも言えないと、個人的には思いますが」

ドリスはそう言うと、ナイルに対し、ちらりと胡乱《うろん》げな視線を向けた。

「もしや、ナイルさんは青竜なのですか？」

ドリスの視線と、ナイル自身が持つ美しい瑠璃色の瞳から推察すれば、予想通り頷かれた。

「となると、ゼルギス様は緑竜ですね」

ゼルギスの緑の瞳と柔和な笑顔を思い出し、確信したミレーユだったが。

「いいえ、あの方は紫竜です」

「どちらかと言えば、性格が狡猾《こうかつ》と言われる竜ですね！」

これには少し驚いた。

カインの瞳は赤く赤竜。ナイルは瑠璃色で青竜。と聞けば、てっきり竜の色は、瞳の色と同じなのだとばかり思っていた。

「紫竜で狡猾……ですか……。色によって性質が似るといっても、あてはまらない場合もあるのですね。ゼルギス様は狡猾な方には見えませんし」

頬に手を置き、小首を傾げて言うと、またもや二人が同時に頭を左右に振る。

「いえいえ、あの方は本来なら一番バランスの良い魔力を有しているのに、竜王継承を拒絶し、やる気のない黒竜王陛下を騙《だま》くらかし、見事竜王に据えた方です。その手腕は立派に狡猾と言えますわ！」

「竜の色が瞳の色とあわないのも、紫竜特有です。外見から悟らせないところが、十分狡猾と言えます」

笑ってドリスが言い、続いてナイルが冷めた目で絵画に描かれた紫竜を見つめて言った。

随分な言われようだが、ドリスに悪気はないのだろう。対して、ナイルの刺々《とげとげ》しい言葉には悪意が感じられた。

(ゼルギス様がルルに求婚して以来、ナイルさんのゼルギス様への対応が辛辣で手厳しいわ……)

いまだにカインとナイルは、ゼルギスのことをルルの相手には相応しくないと反対し、極力会わせないよう工作まで為《な》されていた。

しかし、ゼルギスはそんな画策など意にも介さず、ルルの相手を決める決定権を持つミレーユに事あるごとに婚姻の許しを請い、ルルはルルでそもそも求婚されていることをあまり理解しておらず、ゼルギスのこともお菓子をくれる優しい人という認識だった。

この状況に、ミレーユとしてもどうするべきか考えあぐねていたのだが。

(こういうとき、母国では相手の両親や兄弟を見て、その人となりを探るものなのだけど……)

と考えて、そこであることに気づく。

カインの父であり、ゼルギスの兄である前竜王は、黒竜。

その性質をまだ聴いていないことを。

「あの、黒竜はどのような性質をお持ちなのでしょう？」

自分の義父となる人。そして、ルルがゼルギスと結婚することになれば、ルルにとっては義兄となる。

どちらにとっても重要な人物だ。

素朴な疑問として尋ねれば、なぜか沈黙が落ちた。

ナイルに至っては、珍しく視線を泳がせている。

なにか失礼な質問だっただろうかとミレーユが首を傾げると、答えたのはドリスだった。

「そうですね。黒竜はひとことでお伝えするならば、——邪悪、怠惰でしょうか」

「じ、邪悪……!?」

思ってもいなかった言葉に、つい狼狽《ろうばい》の声が漏れた。

「黒竜は赤竜以外の他の竜に比べて、魔力総量が高い傾向にあります。しかしさきほど申した通り、魔力総量は高ければ高いほどよいわけではなく、高すぎる大量の魔力は身体を蝕《むしば》み、次に精神を破壊します。つまり、黒竜は己の高すぎる魔力を制御できない危険な竜なのです。過去の文献でも、黒竜が竜王を継いだ時代は長く続かず、早々の廃位を余儀なくされたとか」

ドリスの厳しい表情からも、廃位が平和的なものではなかったことが読み取れた。

「あの……、では、カイン様のお父様は……」

まさかカインも、兄のロベルトと同じように簒奪《さんだつ》という形で王位を継いだのだろうか？

（いえ、カイン様のお話からはそんな感じは受けなかったわ）

父親に対し呆れている感じではあったが、諍いという雰囲気はなく。

いつも父親から厭われていたミレーユからすれば、カインの父親に対する明け透けな物言いは、仲が良い関係だからこそだと感じられるものだった。

そんなことを一人グルグルと考え込んでいると、さきほどまでどこか重々しかったドリスの声が一変した。

「ああ、ご安心ください。黒竜と言えど、前竜王陛下は邪悪よりも怠惰に全振りしていらっしゃる方ですから！」

「え……？」

あっけらかんと明るく言われ、どういう表情をしていいか分からなくなる。

「怠惰に全振り……ですか？」

「はい！　まぁ、そういう方ですから。皇太后陛下と、あのような、結婚が成立したのでしょうね」

「あのような？」

反芻《はんすう》すれば、ドリスはポンと手を打ち、

「そういえば、あの方の姿絵もこちらにございましたね！」

そう言って、ミレーユの手を取ってずんずんと前に進む。

「ま、待ちなさい、ドリス！　あの方のことは――」

ナイルの焦った声が来歴の回廊内に響くが、ドリスの足が止まることはなく。

しばらく進んだ先には、一枚の姿絵があった。一目見た瞬間、ミレーユは感嘆の声を漏らした。

「まぁ……なんてお美しい方」

それは、スラリとした黒いドレスを着こなす女性の姿絵だった。

美しい女性の絵はそれまでもいくつか掲げられていたが、目の前の姿絵はその中でもひと際輝いて見えた。

俯《うつむ》き加減に描かれ、黒のベールが顔半分を覆い隠してもなお溢れる気品。黒という難しいドレスを見事に着こなす妖艶な体形。

黒のベールで表情は唇の微かなほほ笑みだけしか読み取れず、髪も瞳の色も分からない姿絵だというのに、これほど見惚《みほ》れてしまうとは。

（でも、この漆黒のドレスは……喪服？）

それにしては豪華すぎる。

身体のラインを強調するロングドレスの裾は長く。黒い繊細なレースと、多数の宝石とビーズが惜しみなく施されている。黒一色ながら絢爛豪華なドレスは、とても喪服には見えない。

なにより、女性に降り注ぐ眩《まばゆ》い光は、まるで陽光に愛されていることを象徴するかのようで、憂慮など一切感じさせないものだった。

「とても美しい方ですね。どなたなのでしょう？」

「カイン竜王陛下の御尊母、皇太后陛下です」

「まぁこの方が……、えぇ!?」

まさかこんな形で皇太后の姿を見られるとは思っていなかったミレーユは、思わず素っ頓狂な声をあげた。

「こちらは婚姻の儀直前に描かれた、ウエディングドレス姿の一枚です」

「ウエディングドレス……？」

黒のウエディングドレスなどはじめて見た。

自分の婚礼衣装を手伝っていることもあり、歴代の花嫁たちが着用したドレスの図案にもいくつか目を通していたが、どれも純白のドレスか、鮮やかな色合いのドレスばかりだった。

驚くミレーユに、ナイルが渋い顔で言う。

「このウエディングドレスは、皇太后様が黒竜の色に合わせて自らお選びになられたものです。婚姻の儀では婚礼着は対でなければなりません。黒竜王が黒以外の色を着用するなどあり得ないと、黒以外のドレスを拒まれたのです。……ウエディングドレスが黒だなんて不吉すぎると、虎族は随分と怒り心頭でしたが」

ちなみに、その怒りの矛先は選んだ本人ではなく、竜族側に向けられたそうだ。

ナイルは苦々しい顔でそう言うが、ミレーユは皇太后の行動力に心を揺さぶられた。

「皇太后様は、黒竜王陛下をとても愛していらっしゃるのですね。母国の反対すら押しのけ、愛する方の色をお選びになるなんて」

ウエディングドレスは純白という固定観念しか持っていなかったミレーユには、愛する人と同じ色のドレスを着るなど考えもつかない。ましてや周りが反対する中、己の意思を突き通すなんて簡単にできることではない。

（やはり、イライザ様がおっしゃっていた通りの方なのね）

竜王と共に治世を敷き、大きな役割を担っていた女性。

それはきっと、黒竜王の助けになっただろう。

（私には、とてもそんな才は……）

この強大な大国を竜王と共治できるほどの度量も知性もない。まず知識が足りなすぎる。

『こんなちっぽけな娘をお選びになったこと、いずれ絶対に後悔しますわよ！』

イライザの放った言葉の意味が、いまならよく分かる。

（特別な色を持つカイン様のお側《そば》にいるのが、なにもできない花嫁だなんて。納得できなくて当たり前だわ）

結婚は、ただ愛する人と結ばれるだけのものではない。それが竜王なればなおのこと。

（竜族の権威の強さは理解していたつもりだったけれど、本当の意味では理解していなかったのかもしれない。竜王の花嫁になるということが、どれほどの重責を担っているのかを……）

いままで見えていなかった現実が一気に押し寄せ、ミレーユは唇を噛みしめる。

けれど、現実に打ちのめされている時間はない。婚儀はもう目の前だ。

（いま焦ったところでなにも始まらないわ。皇太后様が素晴らしい方なら、それに倣うよう努力するだけよ！）

気持ちを新たにするミレーユは気づけなかった。

ミレーユの発言に対し、二人がまた無言になっていたことに――――。

至宝の君

「姫さま、今日はすっごく嬉《うれ》しそうですね！」

「そ、そう？」

隠しているつもりだったが、最近のミレーユの憔悴《しょうすい》ぶりにはルルも気づいていたようだ。

ミレーユの弾んだ心を読み取るように、そんなことを言ってくる。

ナイルからの許しを得て針仕事を再開させたことで、確かにミレーユの心は躍っていた。

なにせいまから着手できるのは、カインの婚礼衣装。図案はすでに決まっているため、以前の依頼されたハンカチのように悩む心配もない。

（とはいえ、時間はちゃんと見計らいながらやらないといけないわね。徹夜でもしようものなら、次はナイルさんも許してはくださらないでしょうから）

一度は了承したとはいえ、やはりナイルは最後まで渋い顔で、『万が一のため、ローラの診察は毎日受けていただきます』と、しっかり付け足されてしまった。

自国では徹宵は何度もあった。それを踏まえればナイルの心配はオーバーケアーにも感じるのだが、竜族から見た齧歯《げっし》族の自分はそういう対象なのだろう。

（きっと、皇太后様のように魔力の高い女性だったら、ナイルさんも心配などせずにすんだはずだわ）

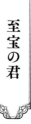

皇太后の神々しいまでの美しい姿絵を思い出し、ミレーユはつい自虐めいたため息を吐き出しそうになったが、同じ長椅子に座ってこちらを見つめてくるルルの存在を思い出し、なんとか飲み込んだ。

つらつらと為《せ》ん方《かた》無いことを考えるよりも、いまは数十枚に渡って細かく記載されている緻密な図案に意識を集中させる方が先だ。

ミレーユはすぐさま心を切り替え、図案に目を通した。

花婿の婚礼衣装は、花や草、星に王冠の連続模様が配置良く並べられ、細かくも美しい意匠だ。

それは裏生地も同様で、表よりもびっしりと金糸、銀糸の刺繍《ししゅう》が細かく指定されていた。

「どちらかというと、裏地の方が表生地よりも華やかなのね……あら、この意匠……」

ミレーユはあることに気づいた。

文様の中に隠れるように潜む、小さな丸みを帯びた形。それは見知ったものによく似ていた。

(でも、まさか……そんなわけないわよね?)

この意匠は、初代竜王の時代からほぼ変わっていないものだと聞いている。

意識的にそう見ようとしたから見えただけだろう。

そうでなければ、齧歯族の始祖神の姿が、竜族の婚礼衣装に意匠としてまぎれているはずがない。

(だとしたら、この形はなにを表しているのかしら?)

否定しつつも、何かが引っかかる。

せめてもう少し鮮明に見えないだろうかと図案を持ち上げると、テーブルの上に置かれていた本に右手が当たり、床に散らばってしまった。

白大理石の床にはふかふかの絨毯《じゅうたん》が敷き詰められていたため、衝撃で本が傷むことはなかったが、ミレーユは慌てて長椅子から立ち上がった。

母国では、本は高価で貴重品。ましてやこれは借り物だ。

（もう、私ったら、一度は諦めたカイン様の婚礼衣装製作に浮かれ過ぎて、注意力が散漫になっているわ）

自身を叱咤《しった》しつつ、落ちた数冊の本を胸に抱え込む。

「あ……、この本は……」

最後の一冊を拾い上げようとして、その本がまださわりの部分しか読めていなかったものだと気づく。ミレーユは、反射的についしゃがんだままページを開いた。

なぜか、この本を読めば心に引っかかるなにかが解かれるような気がしてならなかったのだ。


赤竜はすべてを放棄し、眠りにつく。

長い眠りにつくはずだった。

この星の生き物たちが、竜を除いてすべて息絶えるほどの大災厄に見舞われようとも、目を覚ますつもりはなかった。

その日、一人の少女が訪れるまでは――

（大災厄？……いったい、なにが起こったの？）

それに、この少女というのはもしや初代花嫁のことだろうか。

急《せ》く気持ちを押し殺しながら、ミレーユは次のページを捲《めく》った。

その時だった。

ゴゴゴゴゴーという地鳴りの音と共に、大きな揺れがミレーユたちを襲う。

これにはミレーユだけではなく、ルルも飛び上がった。

「ふぇえええええ！　揺れてます！　姫さまっ、お城が揺れてますよぉおおおお！」

「ルル、落ち着いて！」

完全にパニックになっているルルを宥《なだ》めるが、地響きは止まらず。

外へ避難するべきだろうかと、ミレーユは中庭へとつながる大窓に目をやった。

「――え？」

その大窓に、なにかが映っている。

薔薇《ばら》を模したステンドグラスとなっているため、ハッキリとは分からないが、庭園へと繋《つな》がるバルコニーに何者かの姿がある。

だが、この部屋から繋がる庭園はミレーユ専用となっており、カインですら自由に出入りすればナイルから叱責を受けるほどだ。もちろん、女官や竜兵も立入禁止となっている。

一度初対面のクラウスと遭遇したことはあったが、それも部屋からはかなり離れた場所だった。

緋色《ひいろ》が美しいこの部屋を与えられて以来、バルコニーに人の姿があったことなど一度たりともない。

ミレーユの中に緊張が走った。

その誰かは、大窓を開けようとしており、ガタガタと激しい音が鳴る。

正体不明だからこその恐怖に、ミレーユはルルを守るように抱きしめ、じっとバルコニーを注視した。

すると、

「なんだ、やけに建て付けが悪いな」

不服そうな声と共に、扉が開いた。

いや、開いたという表現は適切でなく、蹴り破ったのだ。

以前、ロベルトも自室に閉じこもったエミリアの部屋の扉を蹴り破っていたが、それとは破壊力がまったく違う。

ミレーユの与えられた部屋の扉は窓を含め、すべて守りの術が込められた魔石が使用されており、外部からの侵入者を拒む魔術が施されているのだ。

しかし両開きの隙間から見える長い脚は、それをいともたやすく蹴り破った。

「まったく。建具の不具合くらいすぐに直して……——おや？」

侵入者は、部屋には誰もいないと考えていたのか。ミレーユとルルを見るなり、顎下に手を置き、考えるそぶりを見せた。

そして、何かを思い出したように笑う。

「これはすまない。部屋を間違えてしまった」

爽やかな謝罪だった。

ミレーユは呆気《あっけ》に取られながらも、相手の顔をまじまじと見つめた。

煌《きら》めく太陽の瞳と、それを縁取る長い睫毛《まつげ》。肩よりも短い黄金の髪は、極上の金を流したかのように美しい。衣から覗《のぞ》く手足は長く、体形もスラリとしている。

どこからどう見ても文句のつけようのない美青年だ。

（あら？　この方……）

その美しい造形もさることながら、輝く髪色と顔立ちにはどこか既視感があった。

戸惑うミレーユをしり目に、侵入者は悠然とこちらへ歩み寄ってくる。

一本の線を歩くような優雅な足取りと身のこなし、堂々とした気品に、ミレーユは知らず息を呑《の》む。そんなミレーユよりも、先に我に返ったのはルルだ。

「不審なイケメンですぅううう！」

指をさして喚《わめ》くも、侵入者は愉快そうに笑うだけだ。

「おや、こちらは可愛《かわい》らしい子猫だね」

子猫と言われ、てっきり地震にもまったく動じず長椅子の上で眠りこけているけだまのことを指しているのかと思えば、ルルのことだったようで、よしよしと頭をなでている。

子猫扱いされたことに、ルルは頬を膨らませて怒った。

「ルル、ネコじゃないですっ、ネズミです！」

「これは失敬。では、可愛い子ネズミだね」

すぐさま訂正してくれたことで、ルルの顔に笑みが広がる。

髪をわしゃわしゃと混ぜられても満足げで、嫌がって振りほどくこともない。

そんなルルの様子に、ミレーユの警戒心も自然と解かれた。

ルルは自分よりもよほど人の心を見極める目を持っている。母国の者からすれば、それはただの野生の勘というものらしいが、実際大きく外れたことはなかった。

「あ、あの、どちらの部屋とお間違いになられたのでしょうか？　私もあまり詳しくないのですが、場所によってはご案内できるかもしれません」

問いかければ、目の前の人物はミレーユをまじまじと見つめ、おもむろに長い指先をミレーユの顎下に置いた。

手慣れた仕草でスッと持ち上げられ、ミレーユが驚くことすらできないでいると、端整な顔立ちが柔らかな微笑を見せた。

太陽の光を真正面から浴びたかのような威力が、ミレーユの眼球を襲う。

「淀《よど》みのない黒眼だね。アレが選ぶだけある」

「え？」

どういう意味だろう。

艶《あで》やかな美貌が眩《まぶ》しすぎて、心臓がどきどきと高鳴り思考力がそがれる。

（……ちょっと待って。この感覚は……）

つい最近も、同じような動揺をある人物に感じた。

そう。この世にただ一人、ミレーユの鼓動を速くさせる想い人《おもびと》。

いままで彼以外に、こんな感情を持ったことなど一度たりともない。

だというのに、目の前の人物に似た感情を抱いてしまったのは、その彼に似すぎているからだ。

狼狽《うろた》えるミレーユに、ルルが怪訝《けげん》な顔を見せる。

「姫さま、お顔真っ赤ですよ？　浮気ですか？」

「ち、違っ！　だって、この方……っ」

カインに似すぎているのだ。

キリリとした瞳と顔の造形、煌びやかな髪色。堂々たる年上の所作は、まるで想い人の数年後の姿のようで。

ミレーユは目の前の人物に、成長したカインに出会えたような不思議な感覚と高揚感を覚えた。

（でもっ、でもっ、けっして浮気心などではないわ！）

弁明しようとした瞬間、そこでやっと「あ！」と気づいた。

（もしや、この方はカイン様のお父様では!?）

見た目はかなり若いが、竜族の寿命はミレーユたち齧歯族とは異なる。

彼らはどれだけ年を重ねていても、若いときの姿を保ったまま長く生きるのだ。

(そうよ。カイン様に似たお顔立ちに、堂々としたお姿。きっと、この方が前竜王様だわ！)

確信しつつも、しかし瞳の色が金色であることに疑念を抱く。

黒竜王であるならば、その瞳の色は黒のはずでは？

「ミレーユ、大丈夫か!?」

突如、声と共に扉が破壊された。

こちらは蹴破ったレベルではなく、完全なる破壊。

一瞬で扉を消炭にしてしまった張本人は言わずと知れたカインだった。

「いまの揺れで怪我《けが》でもしてないか心配で……って、なぜミレーユの部屋にいるのですかっ！

——母上!!」

彼の怒声が、広い室内に響く。

(ははうえ……？　え、母上?!)

思いもかけなかった称呼に、ミレーユの頭に何度も『母上』という単語がこだまする。

母上ということは、…………女性？

(えええええぇ?!)

驚愕《きょうがく》のままにもう一度振り返って、彼——ではなく彼女を見つめるも、変わらず堂々とした姿は何度見ても女性ではなく男性に見えた。

黄金の衣はゆったりとした造りで、体形が分かりにくいものではあるが、帯皮は男物。よく見れば衣の中には帯剣までさしている。

男性だと思った要因は、身に纏《まと》っているものだけではない。

女性にとって長い髪は美しさの象徴。

その象徴が彼女にはなく、黄金の髪は肩よりも短い。

そしてなによりも、いまこの場で立っているだけでも強い異彩を放つ佇《たたず》まいは、まさに王の貫禄《かんろく》。自然とひれ伏したくなる威力を持つ振る舞いには雄々しさすらあった。

どうやっても視覚から入る情報とかみ合わない。

（え？　本当に？　お父様ではなくて？）

ミレーユが問い質《ただ》したいのをグッと堪《こら》えていると、二人は親子喧嘩《げんか》を始めた。

「いまのいままでほっつき歩いて、やっと帰ってきたと思えば勝手に私の花嫁の部屋に不法侵入ですか！　しかも、窓まで壊して！」

「それについては詫《わ》びよう。書斎を移したことをすっかり忘れてしまっていた。しかし、そう感情を表に出すものじゃない。竜王たるもの、どんな場面でも鷹揚《おうよう》に構えるべきだ。ついでに言えばお前も扉を壊しているが、それはいいのか？」

険悪な口調で凄《すご》むカインに対しても、彼女は飄々《ひょうひょう》と受け流している。

そのやり取りは、目をつぶって耳だけで聴けば、母親が息子の癇癪《かんしゃく》を優しく諫《いさ》めているようにも聞こえるが、目を開けるとダメだ。美形の父親が、美形の息子と会話をしているようにしか見えない。

「あ、あの……こちらの方は、本当にカイン様のお母様でいらっしゃるのですか？」

恐る恐る確認すれば、カインは渋い顔で頷《うなず》いた。

「あぁ。私の母、エリアス・ドレイクだ」

（エリアス？　え……そのお名前は……）

またもやミレーユは驚いた。

これ以上に驚くことなどないと思った矢先に、驚きの重ね掛けだ。

エリアスという名は、本来男性名として使用されるもの。

しかし、たとえ男性であってもこの名をつける種族は存在しないと思っていた。

なぜなら、エリアスは有名な絵本『勇者エリアスの物語』の主人公の名であり、《竜殺しの英雄》として邪竜を退治する人物なのだ。

その名をつけると言うことは、まさに竜族に喧嘩を売っているようなもの。それを女性に名づけるなど正気の沙汰ではない。

（情報が多すぎて、頭がまったく処理できないわ……っ！）

混乱するミレーユに、エリアスはにっこりとほほ笑み。

「はじめまして、我が息子の花嫁よ。挨拶が遅くなって悪かったね。まぁ、これからよろしく頼むよ」

「は、はい……、こちらこそ……。あの、ミレーユと申しますっ」

我ながらお粗末な自己紹介だった。

幼いときヴルムに対してどぎまぎするあまり、ロクな挨拶ができなかったように、彼女に対してもうまく言葉が出てこない。

あまりの稚拙さにミレーユは思わず頭を掻《か》きむしりたくなったが、エリアスの方は一向に気にした風もなく、右手を差し出してきた。

握手を求められているのだと気づき、ミレーユもすぐさまそれに倣う。

ミレーユの手を包み込むような長い指は少し硬く、それだけで彼女が日常的に剣を振るっていることが窺《うかが》えた。

(剣士の指だわ。それも、とても努力されている方の)

彼女の指は、兄の指によく似ていた。

鍛錬を欠かさず、己を磨くことに挑戦し続けている指だ。

人知れず努力を重ねている指に、感銘を受けるも。

(え？　でも、女性で……カイン様のお母様で？)

考えれば考えるだけ、知れば知るだけ分からなくなる。

この美しくも凛々《りり》しい人は、本当に女性なのか、と。

いままでエリアスのような女性と出会ったことのないミレーユは、うまくこの状況を飲み込めずにいた。それはルルも同じだったようだ。しげしげとエリアスを見つめ。

「ふぇ？　この不審なイケメン、男の人じゃないんですか？」

「ルルっ！」

流石《さすが》に皇太后への無遠慮な物言いは許されない。

慌てて口を塞ごうとすると、またもや建物が大きく横に揺れた。

「ふぇええぇっ、地震ですぅうう！」

身体《からだ》を屈《かが》め、両手で頭を守ろうとするルルに、カインが「そうだった」とばかりに舌を打つ。

「母上、父上を止めてください！」

カインの一喝に、ミレーユは目をぱちくりさせた。

（カイン様のお父様？　この揺れとなにか関係が……？）

✿✿✿

元始体――――それは上位種族の中でも特別な者だけが、人へと進化する以前の姿に戻れることを指す言葉だ。

ミレーユもカインの翼を見たとき、失われたはずの姿を一部でも引き継いでいることに驚いたが、しかし元始体はまた別。

完全体の元始の姿など、もはや神話だ。あるはずがない現象だとも思っていた。

（それがまさか……）

その姿を見ることになろうとは、想像だにしていなかった。

数日前、各国の来賓を招いた絢爛《けんらん》の間。そこには、一匹の巨大な竜がいた。

七匹の古代竜と同じ姿をした、漆黒の竜が。

「げ、元始体……」

小さく零《こぼ》した声は掠《かす》れ、どうしても震えてしまう。

「捕縛隊っ、何をしているっ。早くオリヴェル様に鎖をかけろ！」

大広間では、大勢の竜兵たちが一丸となって巨大な黒竜を抑えようと躍起になっていた。動きを押さえるための道具か、大木ほどの太い鎖が宙を飛び交う。

しかし、そんな彼らの努力も黒竜の前ではまったくの無意味。悲しいことに、ピクリとも動かすことができない。

「いやぁ、これ本気で嫌がってらっしゃるから無理だろう……」

「いつもなら床に這《は》いつくばって一歩も動かれないのに、今日はお元気だな」

竜兵が諦めモードにはいるのも無理はない。黒竜の長い尻尾がほんの少し壁や柱にかすっただけで、ドォーンと轟音《ごうおん》を響かせながら粉々に砕け散っていくのだ。まさに阿鼻《あび》叫喚《きょうかん》。

カインからひとまず地震については心配ないと聞き、共にやってきたミレーユだったが、まさかこんな状況になっているとは。

(ルルとけだまには部屋に留《とど》まるよう言い聞かせておいてよかったわ)

こんな壮絶な現場など、さすがに見せられない。

威厳ある大広間が狭く感じられる巨体への恐怖もさることながら、なにより畏怖するのは、むせ返るような大量の魔力だ。

いっそ失神したいという願望がミレーユの頭を横切るほどに、凄《すさ》まじい量が大広間中に流入していた。

（こ、わい……）

いままで感じたことのない異次元の威圧に、ミレーユの足は震え、立っていることすらままならない。

恐怖のあまり意識を手放しそうになる寸前、その異変にいち早く気づいたカインが、ミレーユを守るように後ろから抱き留める。

「父上っ、元始体を解いてください！　ミレーユが脅《おび》える！」

充満していた魔力を自身の力で薙《な》ぎ払いながらカインが叫ぶと、怒声が聞こえたのか巨体は動きを止め、ゆっくりとこちらに振り返った。

大きく開いた口から覗く尖《とが》った牙。長い角の下にある闇色の眼球がぎょろりと動く。

目が合ったと思った刹那鋭い閃光《せんこう》が走り、ミレーユはとっさに目を閉じた。

ややあって恐る恐る瞼《まぶた》を開くと、巻き上がる砂煙の中から誰かが歩いてくる姿が見えた。

それは黒の衣装に身を包んだ、闇を纏ったかのような美丈夫だった。

腰まである長い黒髪は月のない夜空のように広がり、どこか不穏を思わせる色がゆったりと揺れている。

「――誰？」

発せられた低い声には起伏がなく、一切の喜怒哀楽が読み取れない。

（カイン様ともゼルギス様とも雰囲気がまったく違う……）

冷たく暗い地の底を彷彿《ほうふつ》とさせる漆黒の瞳は、触れてはならない深淵《しんえん》を覗き込んでいるかのようで、いまだに放出される大量の魔力とも相まって生きた心地がしなかった。

それでもミレーユは手のひらに爪を食い込ませ、正気を保った。

初対面の前竜王に挨拶もせず、恐怖に脅えるなど無礼すぎる。

ミレーユは必死に平静を装いながら膝を深く折り、口を開いた。

「ご、ご拝顔の栄に浴し恐悦に存じます……。グリレス国第一王女、ミレーユ・グリレスと申します」

恐ろしいまでの魔力を有する相手でも、口上はなんとか述べることができた。

できることなら、エリアスのときにも同様のあいさつを口にしたかったが……。

想い人に似ているというだけで動揺し、ポンコツになる我が身が恨めしい。

そんな後悔に苛《さいな》まれながらも、ミレーユは前竜王の言葉を待った。

果たして、カインの父である前竜王は、齧歯族の姫をどう思っているのだろう。不安はつきない。

腰を折ったままの姿勢を崩さないミレーユに、彼は事も無げに言った。

「ふーん……。いつ国に帰るの？」

彼の言葉に、身体が石のように硬直し、顔が強張《こわば》った。

王族間の結婚だ。ましてや両国には距離もあることを踏まえれば、婚姻後の帰郷など、よほどの理由がなければあり得ない。

以前、エミリアの件で二度ほど母国に帰らせてもらったが、婚姻後は自由な行き来などできないと心得ていた。

（帰国を前提に話されるということは、やはり私は認められていないんだわ……）

当たり前と言えば当たり前の話だ。

神の種族の頂点たる竜王が、下位種族の娘と結婚するなど、親としては受け入れ難《がた》いだろう。

竜族の結婚は当人同士でのみ決まるものだと聞いているが、前竜王という立場なら、見解だって多少違っていてもおかしくない。

緊張と不安で、握りしめる指が痺《しび》れる。

（いえ、怖がっているだけではダメよ！　ちゃんとカイン様の伴侶として認めてもらわなければ！）

胸元で両手を握り締め、ミレーユは意を決し顔を上げた。

「――――え？」

すると、なぜか握り締めていた両手を、彼の大きな手に包み込まれた。

それはエリアスが求めたような友好な意思を示すものではなく、なにやら哀願に近い手つきだった。

「里帰りのときは、僕も一緒に連れて行って欲しい」

「はい……？」

「うちには帰りたくないって言ったのにっ、エリアスが僕に嘘《うそ》をついた……っ」

闇よりも深い、漆黒の瞳。

さきほどまで恐怖していたその瞳からは、涙が零れていた。

男性の肌とは思えない滑らかな頬を落ちていく玉の粒に、ミレーユは度肝を抜かれた。

（ええっ、な、泣いていらっしゃる!?）

見た目の年齢はゼルギスとそう変わらない大の大人が悲しそうに眉を寄せ、まるで子供のようにえぐえぐと泣いているのだ。驚かずにはいられない。

そんな泣いている夫にもエリアスは平然としており、腕を組みながら心外だといわんばかりに言い返した。

「嘘はついていないだろう。確かにお前は帰りたくないと言ったが、私は一度たりとも『帰らなくていい』とは言っていないぞ。私は、『婚儀が終わった後なら、またどこへでも連れて行ってやる』と言ったんだ。――そんなことより、いつまで手を握っているつもりだ。叩《たた》き切るぞ」

「ッ!?」

エリアスの言葉に、ミレーユは瞬発的に手を引いた。

殺気を含んだ声音は本気だった。

恐怖に身震いするミレーユを、カインが庇《かば》うように背に隠す。

「母上っ、ミレーユになんてことを言うのですか！」

「ん？　なにを言っているんだ。お前の花嫁の腕など切ってどうする。私はオリヴェルに言ったんだ。寝室に飾るのにちょうどいいからな」

腕を寝室に飾る？

至極当然のことのように宣《のたま》うが、意味が分からない。

（ご冗談をおっしゃっている？　でも、まったく冗談に聞こえないのだけど……）

エリアスの声には常に嘘偽りのない明朗さがあり、すべての決定権が彼女にあって当然だとまで錯覚させる力があった。

そんな恐ろしい発言をする妻に、夫であるオリヴェルはぼんやりとした顔で、

「腕、欲しいの？」

ならあげようか、とばかりに右手に魔力を込め出した。

上位種族でなければ直視しただけで気絶してしまうほどの魔力弾を形成し、己の腕にそれを当てようとしている。

ミレーユは口をパクパクとさせた。そうしなければ、息をすることすらかなわなかったのだ。

「だからっ。ミレーユの前でそういう乱暴な発言と奇怪な行動はやめてください！」

カインは問答無用で父親から魔弾を取り上げると、右手で握りつぶした。まるでマシュマロが溶けるかのように消滅していく様を、ミレーユは失神一歩手前で見つめた。

高濃度の魔力の渦は、触れた瞬間に大爆発を起こすほどのものだ。

それをいとも簡単に作り上げ、なんの躊躇《ためら》いもなく己の腕に当てようとする前竜王も、「くれ」とばかりに両手を出して待っている皇太后も、ミレーユには理解不能過ぎて思考力の低下が著しい。

「仕方ない。腕は今度でいい」

エリアスはまだ夫の腕を貰《もら》うことを諦めていない発言ののち、続けて言った。

「とにかく、嘘は言っていない。グリレス国に行きたいなら、婚儀が終わった後に連れて行ってや

るから、それで我慢しろ」

「……婚儀？　誰の？」

きょとんとするオリヴェルに、カインが喚く。

「私に決まっているじゃないですか、ちゃんと説明したでしょう！」

「――ミレーユ様！」

カインの一喝が響く中、耳慣れた声に名を呼ばれ、ミレーユはハッとした。

（いけない！　ちょっと意識が遠のいていたわ！）

驚きの連発でどうやら軽い酸欠を起こしていたようだ。

「ご無事ですか!?」

声の主はナイルだった。その後ろにはゼルギスもおり、兄と義姉の姿に予想外とばかりに片手で目を覆っている。

「お怪我はありませんか?!　すぐにローラをお呼びいたします！」

「あ、いえ。私はまったくの無傷ですから……」

竜印がある以上、怪我とは無縁なのだが、これはもうナイルの癖のようで、上から下まで入念なチェックが始まってしまう。

その横で、ゼルギスは引き攣《つ》った口元に無理やり笑みを浮かべて言った。

「お二人とも戻られていたのですね。私たちが重要な打ち合わせ中にご帰還とは、相変わらず間が悪い……」

ミレーユ様との初対面の場は、それ相応に整えたかったのですが……と、独りごちる弟のゼルギスに、オリヴェルは不思議そうに尋ねた。

「僕、ゼルギスの婚儀に出てないよね？」

「――は？　それはそうでしょう。私は未婚ですよ」

兄の摩訶不思議《まかふしぎ》な質問に、ゼルギスは訝《いぶか》しげに返す。

「なぜここでゼルギスの話になるのですか……。父上の頭の中は、どういう思考回路で動いているのか理解できません」

ため息交じりのカインの嫌みにも、彼は小首を傾《かし》げ。

「だって、婚儀は年功序列で進めないといけないんでしょう？　だから僕が結婚しないとゼルギスも一生結婚できないから、はやく相手を探してくれって前に言っていたよね？」

なんでゼルギスより先に、年下のカインが結婚できるの？　と問う父親に、カインはどういうことだとゼルギスを振り返った。

彼はしばし思案したあと、思い出したようにポンと手を打ち。

「なるほど。私が昔、兄上にお伝えしたことを覚えていらっしゃったんですね。覚えていただきたいことはすべて忘れてしまわれるのに、そういったことは記憶に残されているとは。驚きました」

ニッコリと口の端を持ち上げてはいるが、言葉には所々毒がこもっていた。

ゼルギスがどういう意図でそんな嘘をついたのか、カインはすぐに察し、ジト目で父を睨《にら》む。

「竜族に年功序列など存在していないことくらい、考えれば分かることではないですか。父上はゼルギスに騙《だま》されただけですよ」

「そう……なの？」

端整な漆黒の目が、まるで子供のようにパチパチと瞬く。そんなオリヴェルに、ゼルギスは嬉々《きき》として返す。

「ご安心ください。私もちゃんと来年には結婚いたしますので！」

「幼女と結婚しようと目論《もくろ》んでいることはおくびにも出さず宣言するのは止《や》めろ！」

カインは呆《あき》れた視線を父親に、冷ややかな視線を叔父にやった。

そんな男性陣のやり取りには一瞥《いちべつ》もくれず、ナイルはミレーユの無事を確認し終わると、そこでやっとエリアスを見て――驚愕の声をあげた。

「エリアス様、その御髪《おぐし》は……あの長かった髪はどうされました!?」

「どうしたって、見れば分かるだろう。切ったんだ」

「なぜ切ったのか聞いているのです！」

どうやら以前のエリアスは短髪ではなく、長く髪を伸ばしていたようだ。

ナイルの驚き方からいっても、やはり南の大陸でも北と同じく女性の短髪は異質らしいが、エリアスは堂々とした態度を崩さなかった。

「邪魔だったからな。旅をするのに、長い髪は手入れが面倒だ」

「……そのわりには、オリヴェル様の御髪は旅立たれる以前と変わらず艶やかに見えますが」

「当然だ。私が手入れをしたからな！」

なぜかとても得意顔だ。

あ、このお顔カイン様にそっくり。とミレーユは思った。

エリアスの表情は、いまは破壊されたこの大広間で、来賓の前でドヤ顔をしていたカインとよく似ていた。

どうやらカインは顔立ちもその性格も母親似のようだ。

場違いだと分かってはいるが、カインの知らなかった部分を知ることができたことに、ミレーユは一瞬喜んでしまう。

「オリヴェル様の髪質こそ無駄に頑丈なのですから、放っておいてもよかったでしょう！」

わなわなと怒りを露《あら》わにするナイルに、エリアスはシレっと、

「私の物をどう扱おうが私の自由だろう」

と宣った。

夫を、しかも前竜王を『自分の物』扱いするエリアスに、ミレーユはあんぐりと口を開けた。

すごい。これほど傲慢なことを、これほど自信満々に告げてもなお、それでも誰も異を唱えない。

カインもゼルギスも、ナイルですら。

「大体、髪を切った程度で、なにをそんなに怒っているんだ。別になんの支障もないだろう」

「大いにございます！　婚儀ではミレーユ様を神殿へとご案内するお役目があることをお忘れですか！」

「それと髪になんの関係がある。儀式に影響するわけでもなし」

「十分影響いたします！　これでは――どちらが花婿か分からぬではありませんか！」

ナイルの怒声に、それまで母親の髪など微塵《みじん》も気にしていなかったカインがギョッと反応した。

腰に右手を当て、堂々たる態度でふんぞり返っているエリアスは、確かにこの場にいる男性陣の誰よりも雄々しく見える。

ミレーユと並ぶ母親を想像したのか、カインは素早く命じた。

「ナイル、いますぐ髢《かもじ》を手配しろ！」

「いまさら髢一つで義姉上《あねうえ》の勇ましさは隠せるものではないと思いますが……」

息子と義弟のさんざんな言葉にもエリアスは飄々としていたが、ふと思い出したかのようにナイルに尋ねた。

「そんなことよりナイル、私の荷物はどこだ」

「この話の流れで、よくそこまでご自分のご用事を優先できますね……。お荷物でしたら珠玉の館に移しましたが、母国の方々がすべて持ち帰られてしまいましたよ」

ナイルの返答に、エリアスが舌を打つ。

「なんだ、また逆戻りか。――仕方ないな。いくぞ、オリヴェル」

当たり前のように出て行こうとする両親を、カインは慌てて塞ぎ止めた。

「また出かけるつもりですか!?」

「必要なものがあるからな。婚儀前には戻ってくるから安心しろ」

「なら、せめて父上は置いていってください！」

「なぜだ？」

「必ず戻ってきてもらうための保険ですよ！」

つまり人質だ。これにエリアスは顔を顰《しか》めた。

「なにを言っているんだ。私が出かけるならオリヴェルも共に行く。私が留まるならオリヴェルも留まる。決まっているだろう！」

「いや、誰が決めたんですか……」

「私が死ねば、当然オリヴェルも死ぬんだ！」


――重い。


夫婦間の定義が重すぎる。

これにはさすがのカインもうんざりとした顔で、それ以上は引き留めることを諦めた。

妻に自分の死まで定められたオリヴェルはと言えば、エリアスに首根っこを攫《つか》まれ引きずられていくのをとくに拒むこともなく。逆に出かけられることにウキウキしているように見える。表情筋が動いているわけでもないのに、そんな風に見えてしまうのだ。

二人の姿が大広間から見えなくなると、誰よりも先に動いたのはその場にいた竜兵たちだった。

「これ、婚儀までに直せるか？」

「まだ数週間あるから余裕だろう」

「棟梁《とうりょう》もオリヴェル様のいらっしゃらない数か月暇すぎて腕が鈍《なま》ったって言っていたし、きっと張り切って修繕してくれるって」

そんな軽口を叩きながら、大きな瓦礫《がれき》をひょいっと持ち上げ片付けていく。

（皆さん、とても手慣れていらっしゃるわ。この惨状は、それほど日常茶飯事なのかしら？）

ミレーユは茫然《ぼうぜん》と辺りを見渡した。

オリヴェルが暴れたせいで等間隔に釣り下がっていたシャンデリアは粉々、色鮮やかな天井画は崩れ落ち、壁は破壊され、華やかな装飾模様が施された列柱は木っ端微塵。

列柱が飾り柱だったことと、元々頑丈な造りだったおかげで建物倒壊までには至らなかったことだけが救いだが、それにしても被害総額がすごすぎる。

もう呆然《ぼうぜん》と佇むしかないミレーユの心中を悟ったのか、カインが頭を抱え、「あぁぁっ！」と低く呻《うめ》いた。

そんな彼とは対照的に、ゼルギスはいつもと変わらぬ軽やかな笑みを浮かべ、平然と告げる。

「あのお二人については、私からご説明いたしましょう」

✿✿✿

ミレーユの自室へと場所を移した面々を、部屋で留守番をしていたルルが出迎えた。そのさいカインの憔悴しきった顔を見たルルは、

「あれ。竜王さまどうしたんですか？　なんかすごく疲れたって顔していますよ」

と、不思議そうに首を傾げた。

ミレーユもカインがこんなに疲労を露わにしている姿をみるのは初めてだったが、あまり触れない方がよい雰囲気を察し、言葉を噤《つぐ》む。

テーブルを挟み、ミレーユ、カインが同じ長椅子に座り、向かい側にルルが座ると、ゼルギスとナイルが立ったままの体勢で説明は始まった。

「まず、この度は正式な場をご用意できず、このようなグダグダな初顔合わせとなってしまったことに関しましてお詫びを。兄上のことです、どうせ名も名乗らなかったのでしょう」

確かに本人からは直接名乗られてはいないが、なぜ分かるのだろう。

兄のことはすべて把握しているとばかりに、ゼルギスは続けた。

「名はオリヴェル・ドレイク。黒竜王の名を持つ、カイン様の父君であり、私の兄です。一見してお分かりいただけた通り、無類の唐変木です」

身も蓋もない紹介に、なんと返せばいいのか分からない。

それでもなんとか頭を回転させ、言葉を絞り出す。

「い、いいえ、とんでもない。もっと厳格な方かと緊張しておりましたが、とても気さくに話しかけてくださいましたわ」

「あれは気さくなのではなく、幼稚なだけだぞ」

「兄上に比べれば、まだ子猫の方が賢いでしょうね」

カインとゼルギスが順に発し、ルルの横で昼寝をしているけだまに視線を向ける。

「けだまですら寝床はちゃんと決めているというのに……」

「兄上は床でも土の上でも、お構いなしに爆睡しますからね」

彼らがオリヴェルを語るたびに、前竜王の威厳が霧中に消えていき、自由放任という単語が頭の中をすり抜けていく。

(……でも、待って。オリヴェル様の自由さはなんだか……)

周りを気にすることなく思うままに振る舞い、けれどそこに邪気はなく。

多少のおっちょこちょいも、何だかんだ許してしまいたくなる雰囲気を持つところが、ルルに似ていると思った。

ミレーユはつい、

「あ、だからゼルギス様はルルのことも好ましく思ってくださるのですね」

と口走っていた。

ミレーユの言葉の意図をすぐさま察したゼルギスは、とんでもないとばかりに珍しく声を荒らげた。

「まさか！　ルルと兄上はまったく違います！　ルルはちゃんとこちらの話を聴いてくれますし、意思疎通も滞りなくできます。鈍重な兄上と違って働き者ですし、なにより三歩で忘れる鳥頭の兄上と違って数百倍賢いです!!」

「ルル、賢いってほめられちゃいましたぁ～」

普段言われ慣れていない賛辞に、ルルがえへっと照れる。

そんな二人のやり取りを見ていたミレーユは、ずっと保留にしていた返答が決まる。

「やはり、ゼルギス様以上にルルにあう伴侶は、いらっしゃらないのではないでしょうか」

「！　では、ルルとの結婚をお許しいただけるのですね！」

思わぬところでミレーユからの結婚の承諾を得られたことに、ゼルギスの顔に喜色が浮かぶ。

「ミレーユ!?」

「ミレーユ様っ、突然どうされました?!」

面食らったのはカインとナイルだ。

「あれから私も熟考させていただきましたが、いまのゼルギス様のお言葉で決心がつきました。ゼルギス様なら、ルルの難点も寛容に受け止めてくださると」

「父上の後始末役と、ルルの伴侶を同レベルで考えてはいけない！」

カインは驚愕を顔に張り付け、ミレーユの両肩に手をかける。顔は驚愕に満ちており、額には汗すら浮かんでいた。

「ふぇ？　ルル、ゼルギス様と結婚するんですか？」

「ルルは、私と結婚するのは嫌ですか？」

ゼルギスは光の速さでルルの目の前に立つと、いつぞやの求婚と同じくルルの手を取り、姿勢を屈めて問う。ルルは少し考え込み。

「嫌じゃないですよ。いつもお菓子くれますし！　うーん、よくわかんないけど。ルル、ゼルギス様と結婚します！」

「よく分からずに返事をするなっ、父上の二の舞になるぞ！」

「「へ??」」

二の舞と言われ、ミレーユとルルの頭に疑問符が飛んだ。

「ゼルギス、お前もお前だ！　父上のときもそうやって適当に言いくるめた結果がアレなんだぞ。また同じ過ちを繰り返させるつもりか！」

「お言葉ですが、兄上と義姉上については私だって予想外でしたよ。確かに、原因の一端が私からの兄上への苦言にあったことは認めましょう。ですが、まさかああなるとは思わないではありませんか」

「お二人のご結婚に、何か問題でもあったのですか？」

ミレーユがつい我慢できず問いかけると、見るからにゼルギスの表情が曇った。

「それは……その。……義姉上に関しましては、最初の段階でこちらが勘違いをしておりまして」

「勘違い、ですか？」

ゼルギスにしては、やたらと歯切れの悪い言い方だった。

そういえば、ミレーユが皇太后の話を聴こうとすると、皆こんな感じになる。

「義姉上は、母国では大変人気のある方で、臣民からの支持も厚く、《至宝の君》と謳《うた》われていらっしゃいました。ただ、至宝の君というのは…………この先は、口で説明するよりも姿絵をご覧いただいた方が早いでしょう」

そう言って、ゼルギスは扉の前で待機していた女官に目配せし、なにかを持ってこさせた。それは以前、来歴の回廊でミレーユが見たものと同じ、皇太后の姿絵だった。

「こちらが婚儀直前の義姉上です」

何度見ても光り輝くような美しさ。身体の線に沿った漆黒のドレスは、スタイルの良さを際立たせている。

「そしてこちらが――」

ゼルギスは、傍らに置いてあったもう一枚の絵を手に取る。

こちらの絵は、白の衣装に身を包んだ美しい青年が描かれていた。

右手に長剣を持ち、左手を腰に当て、堂々とした風格の立ち姿で、切れ長の金眼をこちらに向けている。

衣はクラウスが着用していたものとよく似ており、虎族の民族衣装だとすぐに分かった。衣装を着崩していたクラウスとは反対に、襟まできっちりと閉められているため、短く整えられた金髪と共に清涼感がある。

長椅子の上で足をブラつかせていたルルが、姿絵をまじまじと見つめ指を差す。

「あ、さっきの不審なイケメンです！」

「!?　ルル、私よりもですか!?」

不審なイケメンという単語をルルの賛美と捉えたのか、ゼルギスが動揺のあまり姿絵を床に叩き落とした。

「す、姿絵がっっ」

ガシャンと大きな音を立てて転がる絵を、ミレーユが慌てて拾い上げた。

名のある絵師に描かせたのであろう美しい絵が、万が一にでも破れでもしたら大変だ。

四方から確認しても、どこも損傷していないことにホッとしていると、我に返ったゼルギスがごほんと空咳《からせき》をした。

「こちらは、兄上と婚約される前の義姉上です」

「え……？」

ミレーユはいま一度姿絵を見比べた。

青年の姿絵は、確かに先ほど対面したエリアスそのものだが、義姉という名詞があまりにも合わない。

「双子のお兄様がいらっしゃる、ということは……」

思わず失礼を承知で尋ねるも、ゆっくりと首を横に振られ、

「いいえ。本人です」

と告げられてしまう。

「どちらの絵にも誇張は一切なく、当時の義姉上がそのまま模写されていると言って差し支えありません」

「は、はぁ……」

姿絵は絵具を何層にも重ねて描かれており、その技法や色味から見ても画家は同じなのだろうと

推測できた。画家が違うから、作風も違うということではない。

「婚儀前まで、義姉上の装いはこちらの男装姿のみでした」

そこで一旦言葉を切ると、ゼルギスはどこか遠い目をして言った。

「至宝の君というのは、虎族にとって次期王位継承者であり、名君として名を馳《は》せることが確実視された、選ばれた者だけに与えられた尊称なのです」

次期王位継承者であれば誰でも手にできる尊称ではない。過去に与えられたのも、虎族の歴史の中でもわずか二人のみ。

その二人はもちろん男性で、女性ではエリアスが初だったという。

「この見た目と、尊称が与えられるほどの実力。なおかつあの豪気な性格。――どう見ても、男だと思うではありませんか」

「そ、そ、そ……」

そうですね、と同意することができず、ミレーユは言葉に詰まった。

「話は、約二十年前に遡ります――」


当時、黒竜王として竜王を継いでいたオリヴェルは、一向に花嫁を娶《めと》る気配も、花嫁を探す素振りも見せず、ただただ惰眠を貪っていた。

そんな彼に危機感を抱いていたのはゼルギスだけではなかったが、番《つがい》に関してだけはけっして強制することはできない。それほど竜族にとっては何人《なんぴと》にも侵すことのできない権利なのだ。

仕事はしない。なんなら執務室に入ることすら嫌がる。嫌がるあまり、すでに数えきれないほど建物を倒壊させ、普段めったなことでは見せない本気さで逃亡を図る。

ゼルギスとしてはオリヴェルが竜王の儀式を終え、継いでくれたことだけでも御の字ではあるが、できることならもう少し意欲を見せて欲しいという願望はあった。

そのため、ゼルギスは兄への苦言にある人物の名を出していた。

虎族の至宝の君にして、王位継承前だというのに、すでに『雷帝皇』と呼ばれる人物。

エリアス・ティーガー。

邪竜を退治し、世界に平和をもたらしたとされる物語の主人公、勇者エリアスと同じ名を持つ青年の名声は高く、伝え聞くだけでも数多くの武勇伝があった。

わずか十歳での初陣にはじまり、参戦すれば全戦全勝。

どれほど不利な状況下でも、すべてを無に返す才智《さいち》。

とくに有名な戦いは、鰐《わに》族との一戦。数万の兵を相手に、エリアスはわずか七名の兵で完勝したという。

その七名も歴戦のつわものなどではなく、寄せ集めの兵卒だったとか。エリアスの強さに感化された七名は、その後隊長クラスまで昇格。

反対に敗北を喫した鰐族は、力の違いを見せつけられたことで、好戦的な種族として恐れられていた性格が一変し、温厚で戦争を嫌う一族へと変わった。

そんな人望、統率力、実行力に優れたエリアスの話を聴くたびに、ゼルギスは兄に言った。

「兄上、エリアス殿までとは言いませんが、少しは竜王として仕事に取り組みましょう」

とりあえず、この書類に印を押すだけでいい。書類に目を通せとは言わない。意見をもらうなど夢のまた夢。

竜王を継ぎたくなかったゼルギスにとって、兄の仕事への無関心さは許容範囲内だ。それでもわずかな期待を託し、なにかあればエリアスの名を出した。

このとき、ゼルギスも他の竜族の者たちも、エリアスのことを男だと信じて疑っていなかったのだ。


事件が起きたのは、虎族の領土で開かれた世界種族会議が発端だった。

数年に一度のこの会議だけは、竜王として出席してもらわねばならない。

だが、オリヴェルは基本的にすべての会議を嫌がる。逃げ出し、それが失敗に終われば暴れる。本人は軽く嫌がっている程度のつもりだろうが、魔力と攻撃力が尋常ではないため、どうしても影響は大きい。

その日、オリヴェルは意外にもさほど嫌がることなく向かってくれた。が、やはり土壇場で嫌になったのか、軽く放った魔弾が虎族の歴史的文化遺産の塔に命中、右半分を失うこととなってしまった。

世界種族会議後、もちろん虎族からは賠償を求められた。

正直、この時のゼルギスは「はいはい。またですね」程度にしか思っていなかった。

オリヴェルのこうしたうっかりは日常茶飯事。自国でも他国でも場所を選ばず起こるため、すっかり賠償慣れしていたのだ。

意外だったのは、この交渉の席に立ったのが、現王ではなく、エリアスだったことだ。

虎族の民族衣装でもある白いシャツに長い羽織をキッチリと着こみ、皮のブーツを履いたエリアスの姿は、一分の隙もない青年貴公子。

あまり間近で見たことはなかったが、なるほどと納得してしまう風格があった。

陰でいくらオリヴェルのことを怠惰王と罵っても、実際目の前にすると、ほとんどの虎族が彼の膨大な魔力に圧倒される。けれど、エリアスには怯《ひる》みなど一切なく、常に淡々とした態度で賠償を求めてきた。

もっとも、その求めはゼルギスですら過剰すぎると唸《うな》るものだったが――。

エリアスが求めたのは、多額の修理費と竜族が保有する領土。

そして、国宝刀『赤爪《せきそう》』だったのだ。

これにはさすがのゼルギスも異を唱えた。

「修理費と領土については了承いたしましょう。ですが、『赤爪』については譲歩いたしかねます。あれは初代竜王陛下の持ち物であり、赤竜王のみが帯刀を許される品です」

「赤竜は初代竜王以外では、これまで一度も生まれていないのだろう。使わぬ刀になんの意味がある。私が使ってやる」

エリアスの尊大な言い様に、ゼルギスは口元を歪《ゆが》めた。

（なぜ赤爪を欲するんだ。あれは私ですら重く、扱うなど考えたこともない刀だぞ）

赤爪は、見た目は細身の刃《やいば》だが、手にした途端それは大剣へと形を変え、赤黒い光沢を放つ。

オリヴェルが竜王を継承したときに何度か保管庫から持ち運んだことがあるが、ゼルギスとしては素晴らしい遺産だと思ったことはない。

赤爪から放たれる初代竜王の陰力は凄まじく、同じく陰力の高いゼルギスとは相性が悪い。それはオリヴェルも同じ。

そういえば、エリアスはその魔力の高さに比例して、やたら陽力が高い。

冷静に分析すれば、陰力の強い竜族よりも彼の方が赤爪を扱えるかもしれない。

（まぁ、あれが国宝である以上、他種族に渡すなどあり得ない話ですが）

「帯刀を許されるのは赤竜のみですが、刀の継承権は現竜王にあります。竜王の持ち物を、他種族に差し上げるわけにはまいりません」

赤爪を奪うと言うならば、それはすなわちオリヴェルを敵に回すことだと暗に告げれば、虎族たちに戦慄が走った。

そんな中にあっても、エリアスだけが何食わぬ顔を崩さない。

（これは、もう少し脅しが必要ですかね……）

ゼルギスは、オリヴェルに意見を求めることにした。

兄はこういった際、判断をすべてゼルギスに一任する。一任すると言うよりは、完全なる丸投げなのだが、今回はそちらの方が好都合だ。

竜王の了承という名目で、多少刃を交えれば引いてくれるだろう。赤爪の分は、別の賠償で補填すればいい。

しかし、オリヴェルの発した言葉は、思わぬものだった。

「じゃあ、竜王になればいいんじゃない」

「は？」

虎族側だけでなく、この場にいる竜族の臣下ですらオリヴェルの意図が瞬時には理解できなかった。

だが、付き合いの長いゼルギスだけは、兄の魂胆をすぐに察した。

ゼルギスは、長年オリヴェルに対し、「エリアス殿を見習え」と言ってきた。

オリヴェルはそれを、エリアスは王として有能。なら、エリアスに竜王をしてもらえばいい。そしたら自分が仕事をしなくてすむようになる！　と、普通の者では到底理解できない、謎理論を展開しているのだ。

「兄上……」

いつものこととはいえ、頭が痛い。

竜王の血を引いていない他種族が、竜王を継ぐなど不可能だ。

たとえエリアスが他種族の中では圧倒的な力を持っていようが、オリヴェルの魔力とは比べようがない。

そんな実現不可能な提案は、エリアスを揶揄《からか》っているようにしか聞こえないだろう。

案の定エリアスは席を立つと、オリヴェルの前に歩み寄り、椅子に座ったままの彼を見下ろして凄むように言った。

「私が竜王に。――つまり、お前は私を娶りたいと言うことか」

「……はい？」

いや、そんなこと言ってないだろう！

と、思わず兄の代わりに指摘したかった。

（何かに秀で過ぎた者は、変わり者が多いんですかね……）

どうやら彼も、兄と同様の謎理論を持っているようだ。

ゼルギスは完全に自分を棚に上げげつつ、これ以上収拾がつかなくなる前にと、仕方なく間に入ることにした。

「エリアス殿、確かに竜族にとって婚姻は個人間で決定がなされます。相手が男であろうが女であろうが、邪魔立てされるものではございません。ですが、竜王は別です。兄上には、次の王のためにも女性を娶っていただかなければなりません」

そうでないと、後継ぎ問題が自分に覆いかぶさってくる。

ゼルギスは保身のために、そして兄のつまらない逃避発言を訂正するつもりで、一番体のいい逃げ口上を口にした。

だが、これが失敗だった。

「どういう意味だ!?　我が国随一の才媛才女にして、類まれなる美貌を持つエリアス様を男扱いするとは！」

「なんたる侮辱！　竜族とて許せんッ！」

一気に殺気づく虎族側に、ゼルギスは目を見開いた。

才媛才女？　才女？　女？

普段ならすぐに事態を把握する能力に優れたゼルギスだったが、これには頭の回転が鈍った。

思わず恐る恐るエリアスに問う。

「え……、男性、ですよね？」

「私は一度たりとも自身を男だと偽ったことはないが」

さらりと返され、竜族側全員が「えっ!?」と顔を見合わせた。

こちらの驚愕など事ともせず、エリアスはオリヴェルに詰め寄った。

「それより、どうなんだ。お前は私を娶りたいのか？」

「……めとる？」

「竜王の花嫁ならば、その権限は竜王と並ぶと聞く。竜王になれとは、すなわちそういうことだろう？」

「いや。ちょっと、待ってください！」

さすがにそれは特異な思考回路過ぎるだろう。

オリヴェルの特殊性に慣れているはずのゼルギスですら、一瞬絶句してしまう。

「兄上、ちゃんと訂正を――」

自分の発言が元でこんな意味不明な展開になっているというのに、オリヴェルの脳は完全に眠りの態勢に入り、目がうつらうつらしていた。

そんなオリヴェルの態度に業を煮やしたのか、エリアスの足が動く。

軽やかな足さばきは座っていた椅子に命中し、椅子を蹴り上げられたオリヴェルは、その衝撃で床に転がった。

放っておくとどこでも寝ようとするオリヴェルは、椅子よりも地面や床を好むため、転がされてもとくに驚いた様子はなく。放っておけば、そのまま寝入ってしまうだろう。

しかし、夢の国に旅立つ前に、仰向《あおむ》けの体勢になっているオリヴェルの顔の横に強烈な打撃が入る。

頑丈な御影石《みかげいし》に亀裂を走らせた原因は、エリアスの足技だった。

たとえ打撃がオリヴェルに当たったとしても、頑丈な身体ゆえに擦《かす》り傷一つつくことはないが、見ている方にはなかなか衝撃的な絵面だ。

「私が、お前の花嫁になる――」

頭を少し後ろに反らせ、顎を前に出す。

どう贔屓目《ひいきめ》に見ても求愛の類ではなく、尊大で挑戦的な威嚇だ。

「それでいいな？」

おざなり程度の疑問符はついていたが、とても確認とは言えない明確な決定事項であり命令だった。

眠かったのか、めんどくさかったのか、はたまたどうでもよかったのか。

オリヴェルは眠そうな顔でこくりと頷いた。


――――同意したのだ。


えええええ?! という、ドレイク国側の悲鳴にも近い驚愕を完全無視し、エリアスは淡々と告げた。

「決まりだな。赤爪は婚資として私が貰い受けるが、今後赤竜が生まれれば返してやろう」

のちに、ドレイク国の臣下は言う。

あれはどんな盗賊団でも敵《かな》わぬほどの、恐ろしい強奪の現場だったと――。


話を最後まで傾聴したミレーユは、一連の経緯が特殊すぎてうまく話が呑み込めず、真顔のまま固まった。

「つまり、あの二人は竜族では異例にして前例のない政略結婚なんだっ」

苦渋の表情を浮かべ、カインが苦々しく吐きだす。

政略結婚が当たり前で育った弊害からか、ミレーユは『異例にして前例のない』という言葉の方に違和感を覚えてしまうが、口には出さなかった。

「母上は虎族の大半がそうであるように好戦的な性格で、上昇志向が高い。虎族の女王という肩書よりも、竜王の花嫁の方が立場が上だと考えたのだろう」

「そう……でしょうか？　お二人のご関係は少々独特でいらっしゃいますが、信頼関係は築かれているように見受けられましたが」

カインの言葉にあまりピンとこないのは、本当の政略結婚というものを母国でさんざん見てきたせいかもしれない。

ミレーユの両親もまさにそれでお互い干渉せず、たまに父が母を見つけると嫌みを投げていた。けれど、カインの見解は違うらしい。

「あの二人に信頼関係？　母上はこの国を牛耳りたいだけで、父上はただ惰眠をむさぼりたいだけだぞ。利害関係は一致しているが、それを信頼関係とは言わないだろう。竜族の長い歴史の中でも、花嫁を勝手に決められた男は父上くらいだぞ……」

「ですが、お互い想い合う気持ちがあったからこそ、竜約を交わすことができたのでは？」

竜約のことを考えれば、一方的に決められたとは言えないのではないだろうか。

そう指摘すれば、カインの代わりに、ゼルギスが言いにくそうに答えた。

「あのお二人は、竜約を交わしていません」

「え？　竜約を交わさずとも、婚姻は可能なのですか？」

てっきり、竜約も婚姻に必要な儀式だと思っていた。

「竜約は、婚儀前の花嫁を守るためだけにある契約です。儀式として必要不可欠というわけではありません。義姉上のように魔力と戦闘力が高く、守る必要性がないのであれば竜約を交わさぬという選択もあります。……まぁ、いまだかつてあのお二人の他に竜約を交わさずに結婚した例は存在しておりませんが」

これもまた特異なことだったようだ。

「花嫁を一方的に決められ、竜約も交わさずに結婚。……前代未聞だぞ。さすがに父上を不憫《ふびん》だと思わなかったのか。なぜお前までもがなし崩し的に結婚を許したんだ」

その前代未聞の結婚を機に生まれた息子は、理解に苦しむとばかりに叔父を睨んだ。

「まぁ、理由はどうあれ、兄上は了承されましたからね。それで十分かと」

「嘘をつくな！　どうせ、このままでは父上が自分から番を娶るような行動力を見せるはずがないと踏んで、自分にしわ寄せが及ばぬように、これ幸いとばかりに母上との結婚を推し進めたんだろう！」

カインの追及に、ゼルギスはニコリと笑うばかり。肯定もしないが、否定もしない。

たぶん、彼のこういうところがナイルたちから狡猾《こうかつ》と言われる所以《ゆえん》なのだろう。

「ルルっ、こいつはこんな男だぞ。安易に結婚を承諾するのは危険だ！」

「へ？……うーん、ルル、難しい話はよくわからないです」

話が長かったせいか、ルルは途中で思考を停止していたらしく、小首を傾げながら眉を下げた。

その様子から、ルルを説得することを早々に諦めたカインはミレーユの方に身体を向け、その手を取った。

「ミレーユ。君はいま、父上の威圧の影響で、正常な判断ができていないだけなんだ！　すまない、父上の元始体など日常的すぎて配慮を怠っていた……っ」

「いえ、それは別段」

どうやらカインは、ミレーユの気が動転して誤った判断を下しているのだと思っているようだ。

正直、元始体に対する畏怖よりも、オリヴェルの子供のような涙と、妻に引きずられていく姿の方が衝撃は大きく、威圧の影響もさほど長引かなかった。

「ところで、ずっと気になっていたのですが。カイン様も、元始体のお姿になれるのですか？」

「……え」

大いなる興味と、ほんの少し話を逸《そ》らしたいという意図で問いかければ、なぜかカインは動揺した顔を見せた後、小さな声で答えた。

「元始体には……なれるが」

「まぁ！　カイン様の元始体でしたら、ぜひ見せていただきたいです！」

初めて見たオリヴェルの元始体には畏怖を覚えたが、それがカインとなれば話は別だ。

ミレーユは瞳を輝かせて頼み込んだ。

「いや、それは無理だ！　とくにミレーユの前で、あんな姿を晒《さら》すわけにはいかない！」

「あんな姿……？」

元始体はいわば始祖神の姿だ。ドレイク国の公式の紋としても描かれていながら、それほど忌避されるものなのだろうか。

「赤竜の元始体は、黒竜の元始体とは異なり、身体から業火を放ちます。業火だけでなく、威圧の放流も凄まじく、竜兵ですらしり込みするほどです」

答えたのはナイルだった。

「カイン様は幼少期に元始体の姿を閲《けみ》するため、一度だけその姿に戻られたことがございます。万全を期してオリヴェル様、エリアス様もご一緒されましたが、市街にまでその威圧は放たれ、業火はお二人がかりでなければ消火できないありさまでした。以来、カイン様は元始体を取ることを封じておられるのです」

よほど気が高ぶるような事態に陥らない限り、カインが元始体に戻ることはない。

そう、元家庭教師らしい口調で説明され、ミレーユは驚きに開く唇を封じるように指を置いた。

「そのような経緯が……。申し訳ありません。知らぬこととはいえ、不躾《ぶしつけ》なお願いをしてしまいました」

両眉を寄せ詫びると、カインはなにやら熟考の表情を浮かべ、

「ミレーユが見たいというなら、なんとか危険が及ばぬように元始体になる方法を――」

真剣に検討し出した。

そんなカインに、ゼルギスは呆れた視線を注ぐ。現在進行形で竜約の攻撃をしのいでいる実績から、本当に何とかしそうで怖い。

「元始体は容易に独力でどうにかできるものではございませんよ。歴代竜王の中でも、元始体に戻

れた方はごくわずか。初代竜王陛下を含めても五人ほどしか存在していない、稀有《けう》な力でもあるのですから、めったなお考えはなさらぬように」

五人という数字に、ミレーユは思わず指で数えてしまう。

初代竜王を含めて五人ならば、その中のオリヴェルとカインを引けば、残りは二人。

竜族には何代目と、世代を数える風習がないため正確な数は分からないが、少なくとも数百人の竜王が歴史を紡いでいるはず。その中で、たったの五人。

「元始体のお姿を拝見できるのは、歴史の中でも限られた一部の者だけなのですね」

カインの元始体を見ることが叶《かな》わないのは残念だが、それを可能とすること自体がまさに奇跡なのだ。

称嘆を瞳に浮かべていると、ゼルギスが重ねるように言った。

「私が兄上を竜王に推したのも、元始体を取れる器あっての事です。やはり、竜王の儀式に耐えうるには、それ相応の資質がなければなりません。兄上もカイン様も難なく儀式をこなされて――」

「おい！」

竜王の儀式という、聞いたことのない事柄に疑問を持った直後、ゼルギスの言葉を遮るようにカインが強く制する。

「竜王の儀式……？　それはどのような儀式なのでしょう」

ゼルギスの言い様からは、ずいぶんと難儀さが感じられた。

「あ、あれは、どうということもない数ある儀式の中の一つに過ぎないから。ゼルギスは自分が竜王を引き継ぎたくなかった理由を正当化しているだけだ。ミレーユが気に留めるようなものではない！」

何やら必死に取り繕おうとするカインの言動に、ミレーユは一抹の不安を覚えるも、それ以上の追及は叶わなかった。

✿
✿
✿

執務室に戻ったカインは、ため息と共に倒れ込むように椅子に座った。

「久しぶりにあの二人に会うと、疲労感が一気にくるな。とくに、母上とは話が嚙《か》み合わなすぎる……」

「竜族の男から見ても、義姉上は強烈な方ですからね。とはいえ、お二人がすぐに出て行かれたのは誤算でした。兄上には、ミレーユ様が施された氷の大地を分析していただきたかったのですが」

「あれじゃあ、いつ帰ってくるか分からないぞ」

婚儀までには帰国するとは言っても、それがいつかは言っていなかった。どうせ好き勝手出歩いて、ギリギリに帰ってくるのだろう。

二人の行動が容易に予測でき、カインは不愉快そうに顔を顰めた。

「あの二人のことは、まぁこのさいいいとして。――それより、ゼルギス。ミレーユの前で竜王の儀式の話は止めてくれ」

本来なら成竜となってから執り行うべき儀式を幼竜の身で強行したことは、ミレーユの耳には入れたくなかった。

幼いときの約束を守るため。少しでも早くと促した結果であることを知られれば、ミレーユの性格上、自責の念に駆られてしまう可能性が高い。

「その件については無思慮な発言を致しました」

竜族からすれば、カインの最年少、最短記録での竜王継承は誇るべきことだが、ミレーユの気持ちとは異なるだろう。

それはゼルギスとて十分理解していたことだったが、つい口が滑ってしまった。

「ミレーユ様からルルとの結婚の了承を得られたことで浮かれてしまいました。婚儀までは気を引き締めねば」

「あれは父上の威圧のせいで、ミレーユの本意じゃない！」

強い口調で訴えても、ゼルギスは空吹く風とばかりに聞き流している。

人の話を聞かないのは、なにも両親だけではないという事実に、カインは頭痛を覚えた。

そこに、乱暴に執務室の扉を開け、入って来た男がいた。言わずと知れたクラウスだ。

「おい、この城はどうなっているんだ。前から守る気があるのかと呆れていたが、今日は門番すらいなかったぞ。婚儀前だからって浮かれすぎだろう」

いま一番見たくない一族の顔だった。

そんなこちらの心中などお構いなしに、クラウスは悠々たる足取りでカインの前まで来ると、椅子の代わりとばかりに書斎机に腰を落とした。

(このふてぶてしさ、さすが母上の血族だな)

いちいち指摘するのも面倒なため、そちらについては無視することにしたが、門番のことについては異を唱えた。

「門番なら十分仕事をしている。いまもその最中だ」

そもそも竜族の兵は、他種族の兵とは存在意義が違う。

他種族は防衛のために城を建築し城壁を築くが、竜族にはそんな概念はない。

強者ゆえに敵となるものが存在していない竜族にとって、対するべきは外からの侵入者ではない。

彼らが使命としているのは、竜王の乱心を食い止めること。いざというときに竜王を重囲し、なんとか被害を最小限に抑えることこそが存在意義なのだ。

今回門番がいなかったのも、オリヴェル確保に奔走し、現在はその片付けに追われているからだった。

カインが簡単に経緯を語れば、それまで机に座っていたクラウスが急にすっくと立ち上がった。

「伯母上が戻られているのか!? それを早く言えよ! すぐに国に戻ってご挨拶しなければ!」

クラウスはふてぶてしい虎族の王子の顔から、従順な部下の顔にがらりと様相を変えた。

その変わり様に、カインはうんざりする。

高い魔力が尊ばれる虎族ではエリアスはそれだけで神聖視されており、他国に嫁いでもなお、彼女を別格扱いする者は多い。クラウスはその一人だ。

すぐに踵《きびす》を返すクラウスには呆れたが、カインにとってはこちらの方が好都合。

いまはとにかく心の安寧のためにも、母親を連想するものは遠ざけたい。

しかし、クラウスは立ち去ろうとしていた足を扉の前で止め、思い出したとばかりに向き直った。

「そうだ、これだけは聞いておくが。――お前、ミレーユ嬢のことはしっかりフォローしているんだろうな」

「なんだ、藪《やぶ》から棒《ぼう》に」

「伯母上と違って、ミレーユ嬢は大人しい性格だからな。御しやすいと踏んで、狙ってくる輩《やから》がいないとも限らない。その辺りは大丈夫か聞いているんだ」

「御しやすい？　お前の目は節穴か」

ミレーユの儚《はかな》げな容姿から、すぐに言いくるめられると考えるのはまったくのお門違いだ。

彼女は不合理だと感じることに対し、けっして目をつぶらない。一度は受け入れても、必ず機会を窺い、是正しようと努める諦めない心を持っている。

「大体、ミレーユの性格を除外して考えても、竜王の花嫁を狙う輩が存在するとは思えんが」

花嫁への対応を誤れば、その被害が甚大となることは、南の大陸では周知の事実だ。

竜王に無礼を働いても、罪はその者の命で事足りるが、それが花嫁となると話は別。失われる命は一つではなく、種族の絶滅となる。

つまり、他種族にとって竜王よりも慎重に接するべき相手は花嫁なのだ。

花嫁に対し害をなす危険性を理解できていないバカはいないと発するカインに、傍らに控えていたゼルギスは、それに相応する相手がいたことを思い出した。

「そういえば、お一人いらっしゃいましたね。クラウス様の妹御、イライザ様ですが、急遽《きゅうきょ》用意した挨拶の場で、ミレーユ様に対しずいぶんな発言をされたとか。ナイルから報告を受けておりますよ」

「はぁ？」

「おい、なんだそれは。聞いていないぞ」

妹の名を出されたクラウスと、その場に居合わせたとはいえ、十分に会話を見聞きしていなかったカインが声をあげる。

「イライザのやつ、勝手なことを……っ」

すぐに自国に戻らなければならない理由が一つ増えたことに、クラウスは舌を打つ。

「義姉上は確かに母国に甘い方ではありますが、あまりその権力を笠《かさ》にミレーユ様に接するのはお止めいただきたい。ちょうど抗議文を送るところで――」

「それは止めろ！」

思いのほか慌てふためくクラウスに、カインとゼルギスは首を傾げた。

抗議文を送ったところで相手は虎族。皇太后としてエリアスが君臨している以上、どうとでもなると思っている節がある。

だが、クラウスは知られる方が厄介だとばかりに喚いた。

「伯母上の性格を考えたら、きっと正々堂々と戦うことを推奨する。嬉々として決闘の場を設けるぞ！」

そうだった。

現に、昔も――。

エリアスの性格を思い出し、全員の顔色が変わる。

「これ以上母上の異端さを知られて、ミレーユから結婚を嫌がられでもしたら、私は必ず暴れるからな！」

「本気で宣言するのは止めろ！　オレだってそんな地獄絵図見たくもない。イライザにはオレからきつく言っておく」

それでいいだろうというクラウスに、多少不満の気持ちはあるが、エリアスの耳に入ったほうが後々面倒な事態になる。ミレーユが巻き込まれぬよう、仕方なくイライザの言動については一度目をつぶることにした。

「言っておくが、次はないからな」

念押しすれば、クラウスは深く頷き。

「分かっている。お前はお前でミレーユ嬢のことはちゃんとしとけよ。お前たち一族は、説明らしい説明をいつも省く。とくに、竜族の血塗られた歴史については詳細に伝えておけよ」

クラウスとしては、最後の捨て台詞《ぜりふ》にするつもりだったが、グッとカインが黙ったことで嫌な予感に眉根を顰《ひそ》めた。

「……おい。まさかお前、ミレーユ嬢にずっと黙っているつもりじゃないだろうな？」

「何をだ？」

「お前が、化け物だってことをだよ！」

「他種族からみれば、竜族は皆化け物扱いだろう」

「お前はその中でも飛び切りの化け物だろうが！」

やたら化け物を強調され、カインは口元を曲げた。

「本当に大丈夫なのか？　後々、面倒事に発展しないだろうな……」

不安に駆られたクラウスは、今度はゼルギスに顔を向けた。

「宰相として、ちゃんとコイツの暴走は食い止めろよ。お前らの問題は、こっちにも飛び火する」

「そのつもりではありますが、何分にも私も多忙なもので。カイン様の婚儀が無事に終われば、すぐに来年の準備に取り掛からなければなりませんし」

「来年？　なんか祭事があったか？」

カインの継承の儀はすでに終わっている。婚儀が滞りなく終われば、あとはとくになにもないはず。

「次は私の婚儀がありますので」

「へぇ、相手が見つかったのか」

長い寿命を持つ竜族は婚姻が遅く、自由な気風から番を持たない者も多い。

竜王以外の子孫繁栄にはあまり積極的ではないのだ。

そのため、ゼルギスが未婚であることもとくに不思議には感じていなかった。

逆に、わざわざ婚儀をあげたいと思うほどの相手がいたことに驚く。

「そりゃあ、まぁ、おめでとう」

驚きはしたが、あまり興味がない。

おざなりな祝詞を述べると、なぜかカインから睨まれた。

「コイツが言っている相手はルルだぞ。誰が結婚なんて許すか」

「……ルル？」

なんだろう。なんだか嫌な記憶が呼び起こされる。

その名のつく者に、少し前にプライドを折られたような……。

クラウスの頭の中に、誇り高き虎族の矜持《きょうじ》を粉々にした能天気な少女の顔が浮かんだ。

「あのネズミか……っ」

クラウスは顔を顰めて唤いた。

「――ちょっと待て。あのネズミ……幾つだ？」

いや、実年齢が何歳だったとしても、思い浮かぶのはあの幼さ。

「冗談だろう？　まだガキじゃねーか！」

ルルのちんまりとした容姿を思い出し、クラウスは盛大に顔を引きつらせ、異質なものを見るかのような一瞥をゼルギスに向けた。

「本当に竜族にはロクな奴《やつ》がいねーな」

約束の間

無事に、……と言えるかどうか疑問は残るところだが、オリヴェルたちとの初対面を終えたミレーユは、再び静かになった王城の一室にいた。

本日はカインの婚礼衣装が仕上がった、そのお披露目だ。

花婿の衣装は婚礼祭で使用されるものを含めても二十着ほど。花嫁の衣装と比べればあまりに少なすぎるが、花婿としてはこれが平均だという。

「やはりミレーユ様の刺繍《ししゅう》はお美しいですわ。一針一針が正確で丁寧。なにより、銀糸一色だけでここまで華やかな仕上がりを可能とする技術が素晴らしいです。糸で立体と平面を巧みに使い分け、複雑な曲線や花の連続文様を彩る技術。最後の仕上げを任せていただけたこと、誇りに思います」

ほぉっと感嘆のため息を零《こぼ》しつつ称賛の言葉をくれたのは、ドリスの妹のモニカだった。

彼女は鶴の一族の衣装責任者として、この場に同席していた。

あの日突如設けられた挨拶の場では、本来鶴の一族だけが唯一の来賓として扱われ、ミレーユとの謁見が予定されていたという。

「このような美しい針を刺される方に、姉はあのようなものを……」

ふいにモニカの身体《からだ》が小刻みに震え出した。どうやら彼女もドリスが織ったものの完成体を知っているようだ。

「はい！　とても素晴らしい品を頂きました。いまは額にいれて、寝室に飾らせていただいているんです」

ミレーユが笑顔で答えれば、モニカの苦悶の顔が、今度は瀕死《ひんし》に変わった。

「あ、ぁ、あんなものを花嫁様の自室に?!」

裏返った悲鳴を上げるも、モニカはすぐさまその衝撃を呑《の》み込み、衣装責任者としての顔を取り戻した。まだ少し動揺が残っているのか、指の先が震えていたが、それでも花婿用の婚礼衣装を一枚一枚丁寧に解説してくれた。

ミレーユが興味深く話を聞くその後ろでは、ナイルとセナが小声で密談を行っていた。

「ナイル様。いまさらですが、これはこれで問題では……」

「……そうね。衣装の完成を鶴の一族にすべて依頼してしまったことで、こうなる事態をいまのいままで失念していたわ」

仕上がったカインの婚礼衣装は、ミレーユが丹精込めて施した刺繍が使われている。

つまり、たっぷりと陽力が込められているのだ。

その量は以前ミレーユが刺繍を施したハンカチよりも数段強く、陰力の高い竜族の女官が触れると力が抜け、低緊張状態を起こすほどだ。

「ミレーユ様のお支度はナイル様がいらっしゃるので心強いですが、カイン様のご支度は誰が担当いたしましょう。予定では手の空いている女官を配置することになっておりましたが、これでは誰でもいいというわけには……」

そんなやり取りをされていることには気づかず、ミレーユは仕立て上げられた光り輝く衣装をうっとりと見つめた。

「上等な絹の光沢がとても素敵だわ。ね、ルル――あ……」

いつもの癖でルルの名を呼び、この場に不在だったことを思い出す。

ルルは今日も中庭で花植えを行っており、それはほぼ日課となっていた。

生まれた時から同じ時間を共にしてきたルルが頻繁にいないのは少し寂しいが、庭師のところへ出向いては花を植えている理由は知っている。ルルは、花が大好きなミレーユのために、婚儀で使用する花を育ててくれているのだ。

ルルをはじめ、たくさんの人々の力があって婚儀を挙げられるのだと思うと、ミレーユの胸がじんわりと熱くなる。

「婚姻の儀で使用されるこちらのご衣装も、ミレーユ様の刺繍が美しく映えていらっしゃいます。とくにこの裏地の緻密さは隠されているのが惜しいほどです」

トルソーに着せられていた衣装をペラっと捲《めく》り、モニカが指し示す箇所には、ちょうどミレーユが気になっていた文様があった。

翳歯族《げつし》の始祖神に似た文様。

あの後、婚礼衣装に詳しいという女官の何人かにも尋ねてみたが、昔からある意匠ということしか分からなかった。

女官たち曰《いわ》く、長い歴史の中で引き継がれていったため、形は残っていても、理由は不確かなものが多いらしい。

連綿と続く歴史の長さを考えれば、それも道理だと納得できる。

そう。そのことは分からなくても仕方ないと諦められるのだが、どうしても解せないことがあった。

（まさか、あんなにたくさんの本があるというのに、他国の歴史に触れたものが一冊もないなんて）

結局、あれから図書館に通い何度となく探したが、十年前という、竜族の寿命からすればつい最近の出来事にも等しい鷹《たか》族と熊族の争いを記した著書が一冊もなかったのだ。

これはさすがに予想外だった。

読書が解禁され、花嫁専用図書館をまた自由に出入りできるようになれば、知ることは容易だと思っていたのに。

（とても丁重に扱われていることには感謝しかないけれど、その一方で情報が遮断されていると考えるのは、さすがに失礼かしら……）

ミレーユは整然と並べられた花婿衣装を見つめながら、そんな思いに駆られるのだった。


なにはともあれ、ミレーユの針仕事はこれで無事に終わり。

これで受注を請け負ってくれたライナス商会の体面も保たれるだろう。

一仕事を終えた安堵《あんど》と達成感を胸に、その足で向かったのは花嫁専用図書館。

今日こそはきっと他国の歴史が記された本を探し出すという強い意気込みで、ミレーユは優に数万冊を超える蔵書を見渡した。

(私の探し方が悪いのよ。もっとちゃんと探せば……。タイトルで探そうとするからダメなのかしら)

ならばと、本棚に並んでいる順番に手に取り、全体を流し読む方法へと探し方を変えてみる。

椅子に座らずに本棚の前から離れないミレーユに、ナイルは怪訝《けげん》な顔を向けた。

「なにかお探しでいらっしゃいますか？　ご要望があれば、司書に探させますが」

「え……あ、いえ……」

本棚の前でペラペラと本を捲る姿はやはり奇異に見えたらしい。

(ここで不用意な発言は危険だわ！)

ナイルの過保護を甘く見てはいけないことは、さすがに学んでいる。

「ほ、本が……お借りしていた本が、どこを探しても見つからなくなってしまったのでっ。もしかしたら、無意識に返していたのではないかと探しているんです！」

それは嘘《うそ》八百というわけではなく、事実でもあった。

エリアスとの再会時にテーブルの上に置いていたはずの本が、いつの間にかなくなっていたのだ。

ルルに尋ねても、「本は難しくて嫌いなので、目に入らないようにしています！」と自信満々に返され、セナたち女官に聞いても、本の行方は杳《よう》として知れず。

「お借りした大切な本を無くしたとあっては一大事ですから」

本の紛失については、事前にナイルにも相談していた。

その時もナイルは気にしなくていいと言ってくれたが、そうはいかない。

花嫁専用図書館の本は、ミレーユのためだけのものではない。過去の花嫁、そして未来の花嫁のものでもある。

「ミレーユ様が探していらっしゃる本は、もしや《時の本》かもしれません。ならば、探そうとして見つかるものではございませんわ」

「時の本？」

復唱するミレーユに、ナイルが深く頷《うなず》く。

「はい。ときおりそういった本があると聞いたことがございます。魔力によって封じられた本は、ある発生条件が重なると、読み手を選んで現れると。手元から消えたことには意味があるのでしょう。一度はお手に取ることができた本ならば、必ず戻ってまいります」

消えた本のことを咄嗟《とっさ》の言い訳に使ったとはいえ、気にしていたことには間違いない。

ナイルから必ず戻ってくるという力強い言葉を貰《もら》えたことに、ミレーユはほっと胸をなでおろした。

「その本の内容をすぐにでもお知りになられたいのなら、エリアス様がご覧になっていれば教えていただくことは可能ですが……」

「まだお帰りになられていらっしゃらないのですよね？」

再度の外出から、すでに数週間。婚儀までは、残り一週間を切っている。

「あのお二人は一度放たれたら戻ってこない無秩序な魔弾のような方々ですか――」

ふいにナイルの言葉が途切れ、鋭い視線が何かを探し当てるかのように動く。

「ナイルさん？」

どうしたんだろうとミレーユが首を傾《かし》げるよりも早く、ナイルは席を外すことを詫《わ》びると、館外へと飛び出してしまった。

（あれほど急いで外に出られるなんて、何かあったのかしら？）

気になったミレーユは、すぐさまナイルの後を追った。

図書館を出ると、そこにはナイルに捕らえられているドリスの姿があった。

「ドリス、その腕に抱えているものを渡しなさい！」

「なぜ貴女《あなた》がここに……。いまは竜王陛下の最終衣装確認の打ち合わせのはずでは」

「そんなものはとっくに終わっています！」

なにか事件でも起きたのかと心配して見に来たミレーユだったが、繰り広げられているのはいつものナイルとドリスの言い争いだった。

よかった、と安心したミレーユだったが。

「また性懲りもなく約束の間を爆破しようとしているでしょう。早くその魔石を渡しなさい！」

（――え？　爆破？）

いま、爆破と聞こえたような……。

固まるミレーユの耳に、ドリスの躊躇《ちゅうちょ》など一切ない溌溂《はつらつ》とした声が響く。

「嫌ですよっ。せっかくわざわざティーガー国まで行って、皇太后陛下に威力最強クラスの魔弾を込めて頂いたのですから！　それに、ちゃんと許可も取っています。皇太后陛下は貴女と違って話が早い方ですからね！」

ドリスは意気揚々と、腕に抱えていた数個の魔石を掲げた。

それは一つ一つがミレーユの両手サイズあり、いままで見た魔石の中でもかなり大きな石だった。

どうやら魔弾の威力をあげるために、魔石の体積も大きいものを選んだようだ。

「それは話が早いのではありません！　あの方はただ破壊行動を好まれているだけです！」

（この会話、以前も聞いたような……）

エリアスとの邂逅《かいこう》はわずかな時間だったが、その人となりを知る機会が与えられたお陰で、いまならあの時の会話の意味も理解できた。

「とにかく、それをすぐに捨てなさい！」

「だから嫌だと——あら、ミレーユ様……」

言い合う二人を止めようとミレーユが近づくと、ドリスはなぜかハッとしたような顔をした。

「そうです！　ミレーユ様もご一緒に約束の間に行かれませんか!?」

「え……私もご一緒してよろしいのですか？」

思わず聞き返すと、ナイルは目を吊《つ》り上げた。

「爆破を行う場所に、ミレーユ様をお連れするなど言語道断です！」

「いえ、ミレーユ様が一緒に来てくださるなら、これは使いません」

そう言って、ドリスはなぜかあっさりと魔石をナイルに手渡した。

なんだか成り行きで約束の間に一緒に行くことになってしまった。

（ずっと気になっていた約束の間に行けることは純粋に嬉《うれ》しいけれど、この事がルルに知られたら、きっと自分も行きたかったと拗《す》ねてしまうわね）

現に、来歴の回廊の話をしたときも、冒険好きのルルは行ったことのない北の翼棟に興味津々だった。

ルルも行きたかったです！　とぷんぷんと頬を膨らませて怒る顔が浮かぶが、今回は急なことだったということで許してもらおう。

そんな言い訳を考えつつ、辿《たど》りの間を抜けると、着いたのは回廊の奥の奥。

一人ではきっと辿りつけないであろう距離を歩いた先に、その部屋はあった。

初代竜王が残したとされ、開国以来一度も開かれたことがない――約束の間だ。

（ここが……）

それは彫りなどの装飾が一切なされていない純白の二枚扉だった。眩《まばゆ》い色は、まるで朝日を浴びて煌《きら》めく新雪のよう。

自然の織りなす色が目の前に広がっているかのようなさまに、ミレーユはうっとりとした。

「これはどのような素材が使われているのでしょう。まるで雪を閉じ込めたかのようですね」

「ご明察です。この扉には、遥《はる》か昔の雪が使われています」

「え??」

例えで言ったつもりが、まさかの正解だったとは。

「当時の雪が、いまここにあるなんて……」

扉にそっと手をあてると、なるほど。ひやりと冷たい。

しかしわずかな隙間もなく閉じられた扉は、ミレーユが手をあててもピクリとも動く気配はなく。よく見れば、扉には取っ手もなかった。

(そういえば、辿りの間にも、こんな風に取っ手のない扉がたくさんあったわね)

ヴルムがカインだと気づく切っ掛けになった辿りの間。

あのときは自分が進むべき扉ではないような気がして、扉に触れることもしなかった。いまもそうだ。この扉は、けっして自分の目の前で開くことはない。そう直感で分かった。

「ダメですか……。もしやミレーユ様ならと思ったのですが」

ミレーユの様子から扉が開くことはないと察したのか、ドリスが残念そうに肩を落とす。

「そういうことですか。随分あっさりと魔弾をわたくしに預けたと思ったら。さてはミレーユ様なら扉が開くのではと踏んで、こちらにお連れしましたね!」

「企《たくら》みなどしておりません。期待があったのは間違いありませんが。ミレーユ様は初代竜王陛下に次ぐ赤竜王陛下の花嫁ですからね。期待して当然でしょう!」

ふんぞり返って堂々と宣《のたま》うドリスに、ナイルの眉間に皺《しわ》が寄る。その右手からは、なにやら不穏な魔力が漂っている気がしてならない。

「特別なのは赤竜であるカイン様で、私はただの下位種族ですから」

ミレーユは苦笑いを浮かべつつ、二人の間に入ろうと扉に背を向け、手を離した。


『力を、望むか』


その瞬間、ふっとあのときの声が蘇《よみがえ》った。

耳にいつまでも残る厚みのある声。深海へと落ちていくような、底知れぬ声は畏怖を感じさせながらも、それと同時にこみ上げる懐かしさ。

ハッとして身体を扉の方へと向き直すが、とくに変わったところは見当たらない。

(気のせい？……でも、はじめて魔石に触れたときに聞こえてきた声と同じだったわ)

あの時、突如頭の中に流れ込んできた声と、見知らぬ少女の姿。

結局、あれは一体何だったのだろう？

(エミリアの件でうやむやにしていたけれど、私の幻覚だったのかしら？……それとも、魔石が見せた過去？)

あの時のことを、カインに相談する機会は何度もあった。

けれど、相談しようとすればなぜか躊躇《ためら》いがうまれ、口にすることができなかった。

自分が躊躇う理由もよく分からない。ただ、何となく感じてしまうのだ。

これは、カインには伝えない方がいいと――――。

隠し事をしているような後ろめたさはあったが、自分でもよく理解していない事象について、うまく説明できる自信もなかった。

それは昔、父にヴルムのことを話したさい、「妄想ばかり口にするな」と切って捨てられたことも関係していた。拙い情報だけで相手の理解を得るのはとても難しい。

(せめて、もっとちゃんとした確信が得られれば……)

ミレーユは無意識に胸元の竜印を押さえ、小さく息を吐く。

そして、もう一度扉に触れ、手を放してみた――が、やはり感じるのは静寂のみ。

いまいちど聞こえたと思ったあの声も、自分の気のせいだったのかもしれない。

陽《ひ》の光で雪が反射するようにキラキラと輝く扉をマジマジと見つめ、ミレーユは考え込む。

開くことのない、約束の間。

(――――約束)

「……約束とは、誰と誰との約束だったのでしょう」

自分でも、なぜその部分が気になったのか分からないが、思わずそんなことを呟《つぶや》いていた。

「それはもちろん、初代竜王陛下と花嫁様でしょう！」

ミレーユの呟きを拾ったドリスが、強く断言した。

「初代竜王様が、花嫁様以外の方と約束を交わすことはなかったのでしょうか？」

「それはあり得ないかと。初代竜王陛下は古代竜ですから」

古代竜だと、なにか差しさわりがあるのだろうかと不思議そうな顔をするミレーユに、ドリスが笑う。

「古代竜の性格はまさに傲慢そのものだったと言われています。その苛烈さはいまの竜族の比ではありません。花嫁以外の者と約束を交わすなど、とても――」

ドリスは身振りを交えてしゃべり続けるも、ふと何かに思い当たったように声を落とした。

「ドリスさん？」

顎下に手を置き、完全に停止したドリスに、ミレーユはどうしたのかと窺《うかが》う。

「あ、いえ……。実は、昔から気になっていることが一つありまして……」

興味をそそられると過集中し、周りが見えなくなるドリスの性格はミレーユも理解していたが、いったい何が彼女の琴線に触れたのか分からない。

結局、その後も思想に耽《ふけ》るドリスの意識がこちらに戻ってくることはなかった。

✿✿✿

ミレーユを部屋に送り届けた後、いまだに思考をさ迷わせているドリスに、ナイルはぴしゃりと言い放った。

「ミレーユ様を、貴女の都合で振り回すようなことは止《や》めてちょうだい。婚儀まであと僅か。配慮が必要な時期だということは分かるでしょう」

ナイルの苦々しい口調に、ドリスはここでやっと顔をあげ、ややうんざりとした表情をみせた。

「それは配慮ではなく、過保護でしょう。もう少しミレーユ様にも自由を与えるべきでは。皇太后陛下のときは野ざらし状態だったじゃないですか」

「あの規格外の方とミレーユ様を同列に考えろと？　貴女は鋼の甲冑《かっちゅう》と絹の薄衣を同じに扱えますか!?」

クワッと目を見開き、ナイルは怒りの形相で捲《まく》し立てた。

「饕餮族であるミレーユ様は、我々から見れば薄い飴《あめ》細工よりも脆《もろ》く儚《はかな》い。竜印があればすべて安心というわけではありません！　せめて婚儀が無事終わり、カイン様の力を受け取られるまでは万全を期すのが当然でしょう！」

ほぼ想定通りの答えに、ドリスは肩をすくめた。

自分がどれほど忠告しようが、ナイルが考えを改めることはないことは分かっている。

すべては婚儀をあげるまで。婚儀さえ無事にすめば、ミレーユの身体は竜族と同等となり、その魔力は計り知れないものとなる。

そして、竜族と等しい力を得たミレーユは、

「――カイン竜王陛下の持つ術すべてが使用可能となる」

自分の見解をもう一度煮詰めるように、ドリスはゆっくりと言葉を吐き出した。

「ドリス？」

「ずっと……、不思議に思っていたことがあるんです。古来より、神の種族たる竜族は大雑把で力

任せ。圧倒的強者ゆえに配慮に欠けた面が多く、その思考はまさに傲慢。しかし、竜とはそういう生き物です」

ミレーユは、初代竜王が花嫁以外の誰かと約束を交わしたのではないかと考えていた。

傲慢な竜が花嫁以外と約束を交わすだろうか？

答えは否、ドリスもずっとそう思っていた。

しかし、そうなると〝ある部分〟が矛盾するのだ。

「初代竜王陛下は後の世のために、大量の魔石を創り、国庫を建設し、保持の術を施した。初代竜王陛下だけが、なぜそこまでの配慮に思い至ったのか……」

興が乗っているのか、ドリスは眼鏡のブリッジを押し上げながら、大理石の床をぐるぐると回りながら私見を喋《しゃべ》り立てる。

「いえ、正直にいって古代竜である初代竜王陛下が、それほどの繊細さを持ち合わせていたとはとうてい考えられません！」

悲しいことに、一理あった。

竜の本質とはそういうもの。

怠惰で傲慢。

ナイルたち一部の王族にしか閲覧が許されていない文献にも、それは嫌というほど記されている。

だからこそ、ナイルはミレーユに対して最大の配慮を行わねばならないのだ。

「これはわたくしの仮説ですが、初代竜王陛下の時代、竜王と呼ばれる方は二人いらっしゃったのではないでしょうか」

「どの時代でも竜王の名を冠するのはお一人だけですよ。絶対的王は一人」

本来群れをなさない竜が、群れをなすためにできた理《ことわり》。それはけっして揺るがない。

「王が二人もいれば、統率できません」

「いえ、竜王を冠するに値する方がもう一人いらっしゃるじゃないですか。竜王と等しく尊ばれ、竜王以上に敬愛を捧《ささ》げられた方が――」

一旦言葉を止めたドリスが、視線をナイルに戻す。

そして、静かに告げた。

「花嫁ですよ」

消えた竜印

その後もあれよあれよという間に月日は経過し、とうとう婚儀前日を迎えてしまった。

だというのに――――。

「お二人ともお帰りになられていない……！」

いまだにオリヴェルとエリアスは戻って来ずじまい。

ティーガー国にいることは間違いなく、いざとなればすぐに迎えにいけるためか、ナイルも女官たちもあまり気にしていないようだが、ミレーユとしては気が気でない。

（まさか婚儀前日になっても、再度のごあいさつができないなんて思ってもいなかったわ）

幼いころに母を失ったこともあり、できることなら義母となる人とは良好な関係を築きたいと願っていた。

「それが叶《かな》うかどうかは、自分の努力次第だと肝に銘じていたけれど……」

まずその機会すら与えられない場合はどうすればいいのか。

（婚儀をあげる前に、ご助言いただきたいことがたくさんあったのだけど、このままでは難しいかしら）

明日エリアスが戻って来ても、きっと婚儀のごたごたで深い話をすることはできないだろう。

落ち着かない気持ちが行動に出てしまい、ついぐるぐると歩き回ってしまう。

「何をしているんだ、お前……」

呆《あき》れた声がかかった。それは正装に着替えたロベルトだった。

空の庭園の入り口前で、ミツバチのように円を描いて回っている妹の姿に怪訝《けげん》な視線を送りながらも、しかしそこはさすが兄。ミレーユの心中を察したかのように、こちらに歩み寄りながら核心をついてくる。

「皇太后陛下たちのお帰りが遅いことを危惧しているのか？」

「は、……はい」

「その話は私も伺ったが、どんな難題が起ころうとも、毅然《きぜん》として背筋を伸ばせ。それでもグリレス国の王女か」

どこに嫁ごうが、どんな場面であろうが、無様に狼狽《うろた》えることをよしとしない兄らしい言葉だった。自然と背筋が伸び、身が引き締まる。

「申し訳ございません。お見苦しいところをお見せしました」

「明日からは齧歯《げっし》族の姫ではなく、竜王の花嫁として見られるんだ。気をつけなさい。……まぁ、人目のないところを選んだだけエミリアよりはマシだが」

妹の名に、そういえば一緒に来ていないことに気づく。婚儀には参加してくれると、本人からも聞いていたのだが。

「あの、エミリアはどちらに？」

「あいつは最後の便で来る予定だ」

以前のエミリアならば、我先にと訪れ、異国を満喫しようとしたはずだ。

それが、最後まで国に留《とど》まっているとは驚きだった。

「先に出立しなければならないお兄様の代わりに、国を守ってくれているのですね」

ドレイク国の人材が派遣され、留守中も問題ないよう計らってくれているといっても、やはり国を空けるという行為には不安が伴う。

それを懸念し、ギリギリまで国に残って、兄の不在を守ってくれているのだろう。

兄と過ごす時間は、エミリアを王女として成長させているようだ。

嬉《うれ》しげにほほ笑むミレーユに、しかしロベルトは鼻で笑って否定した。

「そんな殊勝な理由なわけがないだろう。ただ単に、アイツはこちらに来るのが怖いだけだ」

「怖い？　エミリアは一度来訪していますし、そのときも魔力負けは起こしていませんでしたよ」

少々虚勢を張るあまり、つんけんとした態度をみせてしまったエミリアだが、だからといって怯《おび》えている様子はなかった。

「それは自分が花嫁だと信じて疑っていなかったからだろう。実際は違ったうえに、本来の花嫁であるお前に危害を加えていたんだ。女官長殿と顔を合わすのを恐れているんだよ」

「ナイルさんと？」

なぜ？　と一瞬考えるも、すぐに答えは出た。

ナイルはミレーユの健康面に関しては誰よりも過保護。それは、ここ最近の傾向からも明らかだ。

エミリアの起こした毒事件は、たとえそれが過去のことであったとしても、ナイルの中では遺恨として残っている可能性が高い。

（エミリアがナイルさんと対面する場面では、できる限り同席させていただこう……）

そんなことを心に決めていると、ロベルトがチラチラと周りを見渡す仕草を見せた。

「一人なのか？　ルルはどうした」

「ルルなら、いまはお昼寝中です」

何気なく聞かれ、つい答えてしまって、ミレーユはしまったと口元を指で覆った。

ロベルトは、齧歯族の中でも働き者の代表格だ。侍女が主人を置いて昼寝だと聞けば、怠け者の烙印《らくいん》を押されてしまうかもしれない。ミレーユは焦って言い訳を口にしようとした。

「……ああ、まぁそうか」

しかし意外にも、ロベルトは納得して頷《うなず》いた。それどころか。

「お前は休まないのか？」

「え？……はい、もう少ししましたら……」

休むことを推奨され、戸惑いながらも答える。

いまは昼間。天頂にある太陽が燦々《さんさん》と輝く時間帯に、なぜロベルトはミレーユにまで休みを取らないのかと問うのだろう。

確かに、ナイルからも仮眠を勧められていた。

ルルはともかく、ミレーユに昼寝の習慣はない。ナイルもそれは知っているはずで、不思議に思い、なぜかと問えば、婚儀のための体力温存だという。

逆に仮眠をとることで夜に眠れなくなり、結果寝不足に繋《つな》がるのでは？　と伝えるも、押しに押され、ならば少し空の庭園を散策して身体《からだ》を動かしてから仮眠をとることにしたのだ。

この場所に立っていると、普段は聞くことのできない城下の賑《にぎ》わいが風に乗ってくる。

人々の歓声は、明日はいよいよ婚儀を迎えるのだという押し迫る緊張感と高揚感。

そして、あの喧噪《けんそう》の中には母国の皆の声が紛れているかもしれないという安堵感《あんどかん》に似たものを与えてくれる。気を引き締めるには素晴らしい場所だ。

「あの……ところで結局民の者は来訪できたのですか？」

魔力負けの件をどうやって解決したのか。それとも解決できずに少数で訪れたのか。気になって問いかければ、

「そういう心配はいいから、お前は儀式に集中しなさい」

ロベルトは少し遠い目をして、ニッコリと笑った。なんだかとても疲れた笑みだった。

「お、お兄様？　どんな手段を取られたのですか?!」

兄が民にたいして無体な方法を取るとは考えられないが、答えてくれないことが心配に拍車をかけた。

けれどロベルトはミレーユの詮索を拒むように、「じゃあ」と手を挙げて踵《きびす》を返してしまう。

こうなれば、兄は絶対に答えてはくれない。

仕方なく、ミレーユは別の疑問を口にした。

「お兄様、確か正装は一着しかお持ちでなかったですよね。いま着替えられては、明日困りません

か？」

ロベルトの正装姿を見たときからずっと気になっていた。

ミレーユの結婚に伴って、グリレス国に与えられた結婚資金は莫大《ばくだい》なものだったが、彼はその資産を自身には一切使用していない。そのため、急遽《きゅうきょ》今回の婚儀のために誂《あつら》えた正装はたったの一着。

それを知っているミレーユの問いかけに、ロベルトは肩越しに妹を見つめ、

「……ああ、そうか。お前まだ……」

なにかを呟《つぶや》いた。

風に舞って聞こえてくる城下の喧噪に流され、兄の声は耳に届かず、ミレーユはきょとんと瞳を丸くした。

「ミレーユ」

「は、はい」

ロベルトは神妙な声でミレーユの名を呼ぶと、

「頑張れ」

静かに一言だけを放ち、去っていった。

✿✿✿

「……頑張れ？」

兄にしては端的なエールに、ミレーユは首を傾《かし》げた。

（いつものお兄様なら、もっと細かい金言をくださるのに……）

不思議に思っていると、ふと遠くに見える外庭に、誰かが立っているのが目の端に映った。

太陽の陽《ひ》を浴びて輝く金髪。遠くからでも分かるほどに神々しい光を放っているその姿は、カインにも酷似していたが違う。あれは、エリアスだ。

（帰っていらっしゃるんだわ！）

いまなら少しだけでも話ができるかもしれない。

庭園内に設置されている時計をガラス越しに見れば、ナイルが指定した迎えの予定時刻はすでに過ぎていた。時間を厳守するナイルにしては珍しい。

（どうしよう……。ナイルさんを待つべき？　でも、いまを逃したらお話しできる時間がもてるかどうか……）

居ても立っても居られなくなったミレーユは、すぐに戻ってくるつもりで駆け出した。


「どちらに行かれたのかしら？」

上から見た位置では、確かこの辺りだったはずと辺りを見渡せど、エリアスの姿は見当たらない。

ミレーユが空の庭園から外庭に降りるまでの時間で、彼女はもうどこかに移動してしまったようだ。

それでも近くにはいるかもしれないと、視線を遠くに向けながら探し回る。

広大な外庭を走り、背の高い常緑樹が立ち並ぶ区画まで来たとき、ミレーユはキョロキョロと視線を動かすあまり、横から歩いてきた人物に気づくのが遅れた。

あわや衝突する寸前、しかし相手が先に気づき、足を止めてくれた。

「っ……これは、失礼。花嫁殿でしたか」

「ルトガー様」

散歩中だったのか、彼の肩にはフェイルが乗っていた。

「た、大変申し訳ありません、急いでいたもので！」

ミレーユはすぐさま謝罪を口にした。続けて衝突を避けてくれた感謝を伝えると、彼はミレーユの様子がおかしいことに気づいたように尋ねてきた。

「なにかお探しでしたか？」

「えっと……」

この場合、自分はエリアスのことを義母上様《ははうえさま》と呼んでも差し支えないものだろうか。

しばし考えた末、名で呼ぶことにした。

「エリアス様を見られませんでしたか？」

「至宝の君をですか。いいえ、お会いしておりませんね」

「そうですか……、ありがとうございます」

礼を言って後にしようとして、そういえば以前出会ったとき、彼の言葉が途中だったことを思い出した。

『もちろん赤竜王陛下が無慈悲な方とは申しませんが、貴女様《あなたさま》へ注ぐ執着には計り知れないものがございます。なにせ——』

その続きは何だったのだろう。

気になったミレーユはあのときの言葉の続きを問いかけた。ルトガーは「ああ、あれですか」と軽く頷き、公然の事実を口にする体で言った。

「あれは『幼竜の身で竜王の儀式を行った方ですから。一刻でも早く、婚儀を執り行いたいと無理をなさったその行動力には感嘆致します』とお伝えしたかっただけですよ」

竜王の儀式という単語にハッとする。

ゼルギスが口を滑らせたとばかりに発していた言葉。カインはたいしたことのない儀式だと言っていたが……。

(幼竜の身で……。無理をなさった……?)

彼の言葉を拾い上げれば、とてもたいしたことのない儀式だとは思えない。

「竜王の儀式とは、それほど大変なものなのですか?」

「ご存じありませんでしたか?　竜王の力を受け継ぐ儀式は、器量によっては生か死か。とても幼い身で行うようなものではございません。莫大な魔力を身体に取り込み、自分のものとするのですから。私から見ても、赤竜王陛下が引き継いだお力の大きさには怖気《おじけ》が走ります。たとえ竜族でも、並みの者ならば一瞬で自我を失い、身体を粉砕する量です」

「ッ!?」

思わず零《こぼ》れそうになった悲鳴を、なんとか口元を押さえることで呑《の》み込んだ。

「幼い身で竜王の儀式を行ったことも常軌を逸していますが、それを許す黒竜王陛下も黒竜王陛下です。いくらカイン竜王陛下が赤竜の生まれとはいえ、よくお許しになったものだと驚きます。よほど貴女様との婚儀を急ぎたかったのでしょうが」

彼の話をミレーユは黙って聞いた。

ほとんどが初めて聞く情報ばかり。

のみこむまでしばらくかかり、すぐには言葉を発することができなかった。

狼狽《ろうばい》の色を濃くするミレーユに、ルトガーは少し焦ったようだ。

「弱ったな……。貴女様がまったくご存じなかったということは、赤竜王陛下はこのことを秘密にしておきたかったということになります。失礼を承知の上で申し上げますが、私が口を滑らせたことはどうかご内密に願います」

「いいえ、こちらこそ教えてくださりありがとうございます。けっしてルトガー様のお名前はお出ししないと誓いましょう」

言葉を紡ぎながらも、頭の中は竜王の儀式の話でいっぱいだった。

(カイン様は、ヴルムは、死すら覚悟しなければならない儀式に挑まれていたというの？　私との約束を果たすために……)

もしもその儀式で命を落としていたら——想像するだけで、心臓がバクバクと嫌な音を立てる。

震える指を握り締め下を向くミレーユに、ルトガーは「大丈夫ですか？」と声をかけつつ、強《こわ》張《ば》っている肩に手を伸ばした。

しかし、その手はミレーユの肩に触れる前に、彼の後ろから現れた人物によって阻止される。

「ミレーユから離れろ！」

「──カイン様……」

いままさに思いを巡らせていた人物の名を、ミレーユは茫然《ぼうぜん》と呟く。

カインは剣呑《けんのん》な表情でルトガーの腕飾りごと摑《つか》んだ右腕を押しやると、ミレーユから引き離すように二人の間に入った。

「私の花嫁になんの用だ」

平坦《へいたん》な口調ながら、その声はゾッとするほど冷たく、言い知れぬ怒りを発していた。

威圧の込められた紅蓮《ぐれん》の瞳に射貫《いぬ》かれ、ルトガーは弾《はじ》かれるように後ずさる。

彼の肩に乗っていたフェイルも、野生の勘で危機を察したのか、脅《おび》えるような鳴き声を上げた。

ルトガーはフェイルの混乱を宥《なだ》めるようにひとなですると、空へ放ち、カインに対して深い礼を取る。

「これは赤竜王陛下。正式な場では何度か拝謁を賜りましたが、これほど近くでお会いできるとは。私はイーグル国鷹《たか》族領主の」

「名は覚えている。ルトガー・イーグル」

ルトガーは少し驚いたように目を見開いた。

「……左様でしたか、覚えてくださっていたとは存じず、失礼いたしました」

「儀礼的なやり取りは求めていない。私の花嫁になんの用かと聞いているんだ」

ルトガーから隠すようにカインの背に庇《かば》われていたミレーユは、彼の険しい声にハッと我に返った。

まったく状況は違うが、このままではスネーク国の王子、ヨルムのときと同じ展開になる危険性を危惧したのだ。

「カイン様、ルトガー様は、私が声をかけさせていただいていたのです！」

「禁止されている区画には入っておりません。花嫁殿とお会いしたのも偶然でございます」

「…………わかった」

両方の主張に、カインは一応納得した様子を見せたが、ミレーユを背に隠すことは止《や》めなかった。

「だが、南の大陸の者なら、竜王の花嫁がいかに特別な存在かは重々承知しているだろう。今後、私の許可なくむやみに近づくことは許さない」

冷淡な命令に、ルトガーは「心得ました」と短く告げると、いまいちど深く頭《こうべ》を垂れ、静かにその場を去った。

上位種族同士のやり取りをただ見守ることしかできなかったミレーユは、去るルトガーに一言詫《わ》びようとカインの背から離れようとした。

しかし、それより先に焦りのこもった声で問われる。

「ミレーユ、なぜこんなところで一人でいるんだ？」

「申し訳ありません。空の庭園からエリアス様のお姿をお見掛けして、つい……」

「母上に？……会いたかったのか？」

「はい。ドレイク国の王妃としての心構えを教えていただければと」

ミレーユの言葉に、カインは予想外とばかりに片眉をあげた。

「そんなものミレーユには不要だろう。君は私の花嫁になるのであって、国の花嫁になるわけじゃない」

「ですが……」

彼が竜王である以上、王妃としての役割はそう簡単に切り離せる問題ではないはずだ。

（それとも、私では重荷に耐えられないと、最初からあきらめていらっしゃるの？）

だから竜王の儀式のことも教えてもらえなかった？

（違うわ。カイン様はそのような方ではない！）

意図的に排除しているのではない。ミレーユの心を慮《おもんぱか》って差配しているだけ。

分かっている。

それでも――――。

✿✿✿

瞳を伏せ、頰を強張らせるミレーユに、カインは動揺した。

ここ最近は婚儀の準備ばかりに時間を取られ、ミレーユと過ごせる時間は皆無だった。

その間に、彼女の中で自分との結婚に対する不安が出てきたのではないかと焦る。それに、さきほどミレーユの傍《そば》にいたルトガー・イーグルのことも気にかかる。

イーグル国の王としての手腕や、国民に対する慈悲は申し分ない男だとは聞いているが、だからといってミレーユと二人で話すなど言語道断。

たとえ偶然であったとしても許せないと言うのが本音だったが、スネーク国のヨルムと違い、ミレーユに対して無礼な振る舞いをしていない状態で、竜族特有の悋気《りんき》を振り回すわけにもいかない。

(あの場では、なんとか我慢したが……)

我慢していただけで、ルトガーに対する苛立《いらだ》ちは皆無ではない。

ミレーユの頬の赤みが抜け落ちたような真っ青な顔を見ればなおさらだ。

「本当にルトガーとはなにもなかったのか？　それにしては、顔色が悪い」

「これは……、空の庭園から走ってきたので、少し酸素が不足してしまっただけですわ。どうしても、エリアス様にお会いしたくて急いだのですが、私の足では間に合わなかったようです。少し休んでいれば、すぐに治りますから」

弱くほほ笑みながら、ミレーユが頬に手を当てる。その指先は頬と同様に、赤みが抜け白くなっていた。

「ミレーユが母上に会いたいと言うなら場を設けよう。いまは婚儀の打ち合わせのためにナイルに連行されているが、そろそろ終わるだろう」

少しでも気がかりが払拭できるなら叶えてやりたいと告げれば、ミレーユが返事をするよりも先に、その張本人がカインの背から顔を出した。

「私がどうした？」

相変わらず清々《すがすが》しさと凜々《りり》しさを纏《まと》い、遺憾無く美青年ぶりを発揮しているエリアスの登場に、カインは眉間に皺《しわ》を寄せた。

「どうした可愛《かわい》い息子よ、その嫌そうな顔は。呼ばれた気がしたから声をかけてやったというのに」

「嫌気も差しますよ。やっと帰って来たかと思えば、なぜこんなところにいるのですか。ナイルとの打ち合わせはどうされました。……まさか、逃げてきたわけではないでしょうね」

「この私が逃げる？　バカなことを言うな。私の辞書に遁走《とんそう》の文字はない。ゼルギスが、私の許可なくオリヴェルを連れ出したからな。探すために仕方なくナイルを撒《ま》いただけだ。まったく、ゼルギスも勝手なことを」

腰に手を当てて立腹するエリアスに、カインは頭を抱えた。

きっと、いまごろナイルは姿を消したエリアスを必死になって探し回っているのだろう。

「父上には、見ていただきたいものがあってお連れしただけですよ。それほど時間もかかりません。さっさとナイルのところに戻ってください！」

「――いや。オリヴェルなら、早々に飽きて脱走している頃合いだ」

言いながら、エリアスはなぜか地面の土を何度も踏みつけた。

固い土をガシガシと蹴る不可解な行動に、カインとミレーユは首を傾げた。

「一体、何をして……」

「オリヴェルのことだ、穴を掘って中で寝ている可能性があるだろう」

「母上は、父上をモグラか何かだと思っていらっしゃるんですか？」

あきれ果てて言うも、エリアスはまったく意に介さず。

今度は高い樹木を見上げ、

「ならば上か」

と呟くなり、おもむろに一番手前にあった大木に向けて蹴りを入れた。

樹齢数百年の大木が、柳同然に揺れ、大量の葉が舞い散った。

「ちっ、この木にはいないか」

「母上は、父上を蟬《せみ》か何かだと思っていらっしゃるんですか？」

これまた突っ込むが、やはり聞いていない。

エリアスはその場から数歩移動すると、今度はまた別の大樹を蹴る。

さきほど同様、大量の葉が舞うかと思いきや、代わりにドサッという音と共に落ちてきたのは
――、

「父上……」

本当に木の上にいたらしいオリヴェルだった。

横にいたミレーユが、呆気《あっけ》に取られてぽかんと口を開くも、すぐさま大樹から落ちた衝撃を心配

してか、オロオロとオリヴェルに歩み寄った。

「お、お怪我《けが》はございませんか？」

「ミレーユ、大丈夫だから。父上は空から落ちても傷一つ負わない」

同じ竜王だからこそ分かる。その証明に、オリヴェルはのんきな欠伸《あくび》を一つすると、緩慢な動きで身体を起こした。

「……おはよう、エリアス。そして、おやすみなさい……」

そう告げて、いま一度土の上に寝転がろうとしたが、すぐさまエリアスの腕が伸び、襟首を摑まれる。

「帰って来ているなら、なぜすぐに私のところに戻って来ない！」

「？　僕がエリアスを探すより、エリアスが僕を探してくれた方が早いと思って」

寝惚《ねぼ》け眼《まなこ》で答えると、今度こそ目をつぶって熟睡しだした。

「……まったく。ナイルに小言を貰《もら》ったら、君のせいだぞ」

惰眠を貪るオリヴェルの首根っこを引きずって行く母に、カインはすかさず「それは母上の責任です」と伝えたが、当然のように聞き流された。

これ以上、傍若無人を地で行く母の言動に付き合っていられない。カインはミレーユの手を取る。

「私たちも行こう。母上に尋ねたいことがあるなら、代わりに私が答えよう。この人に何かを教わるくらいなら、けだまの寝言でも聞いていた方がよほど心の安寧を得られる」

息子の特大な嫌みも、華麗に聞き流すかと思いきや、エリアスはなぜかオリヴェルを引きずったまま振り返り、不思議そうな視線を下に向けた。

「お前、なぜ花嫁に触れられるんだ？」

「ッ！」

「え……？」

母の問いに、カインは思わずハッとしてミレーユの手を離した。

どういう意味か分からずぽかんとするミレーユの横で、カインは焦った。

帰国してからもじっとしていない両親に、竜約のことを口止めしていなかったことを思い出したのだ。

「婚儀前の花嫁に触れれば、竜王ですら灰と化すのが竜約の力だと聞いていたが、実際は違うのか？」

（余計なことを!!）

竜約を交わさずに黒竜王の花嫁となったエリアスにとって、それは純粋な疑問だったのだろうが、タイミングが悪すぎる。

「母上っ」

「あ、カイン様」

これ以上余計なことを言われては困るとばかりに前に出たカインの物騒な雰囲気を察したのか、ミレーユがとっさにカインの腕に指を伸ばす。

――バチっ！

激しい閃光《せんこう》が散り、カインの腕から煙が立ち上った。

（しまった――――！）

エリアスに気を取られ、身体の強化がおろそかになっていた。

すぐに回復術を施したが、服を焼き、肉がえぐれる様を目のあたりにしたミレーユの表情はまさに顔面蒼白《そうはく》。黒曜石の瞳が、驚愕《きょうがく》のあまりこぼれんばかりに開かれ、よろけるように足が一歩後退した。

「ああ、なるほど。有り余る魔力を治癒に集中させ、竜印の攻撃と同時に放っていたのか。なかなか考えたな」

エリアスは理解したことでそれ以上は興味を失ったのか、「じゃあ」と夫を引きずりながら城中へと消えていった。

難事だけを残して去る母に、恨み言の一つでも叫びたかったが、そんな余裕もない。

（マズイ。ミレーユの目の前で、これは……）

腕は完治したが、焦げた衣装まではさすがに修復できない。これでは見間違いだと言い張るにも無理がある。

とっさの言い訳も出てこず、固まったままのカインに、ミレーユの白く色の抜けた唇が動く。

「いまのは……私が、触れたからですよね？」

「ち、違う！」

か細く震えながらも必死に声を絞り出すミレーユが痛々しくて、必死に否定した。

しかし、ミレーユがそれで納得するわけもなく。

「私が触れるたびに、カイン様を傷つけていたなんて……」

「いや、だから違うと！　そもそも私が触れたいから触れていただけで、ミレーユが気にするようなことじゃない！」

「気にするようなことじゃない……？」

ミレーユはなぜかひどくショックを受けた顔で黒曜石の瞳を揺らし、カインを見つめた。

「私との約束を果たすために過酷な継承を早めて下さったのですよね。そして私を守るために結んで下さった竜約がカイン様を傷つけている。……それは、私が気にすることではないのですか？」

（過酷な継承？　まさか、竜王の儀式のことを言っているのか？）

「どこでそれを……」

ゼルギスがうっかり口を滑らせたあのときだって、詳しい内容は伝えていない。ナイルたちにも箝口令《かんこうれい》を敷いている。

なぜ？　と疑問を持ったのがまずかったのだろう。ミレーユは渋い顔をするカインの表情で、なにかを確信させてしまったようだ。

下を向き、顔を上げてくれない。灰褐色の前髪越しに、強く唇を噛《か》みしめているのが見え、カインは思わず手を伸ばす。

「ミレーユ!?」

「――やめてください」

か細くも、強い意志と拒絶が含まれた声に、カインはビクリと指を止めた。

いや、止めたのではない。一瞬、漂った何かが、止めさせたのだ。

しかしカインはミレーユの様子ばかりが気にかかり、わずかに放たれたそれに気を払えなかった。

そんな気まずく張り詰めた空気は、第三者の声で壊された。

「カイン様、少々面倒な事が起こり——あ、これは失礼。ミレーユ様もご一緒でしたか」

ゼルギスだった。

彼はカインの後ろにいたミレーユの姿を見つけると、言いかけていた言葉を止めた。

「後にしてくれ」

なんてタイミングが悪いんだと、ゼルギスを睨《にら》みつつ短く命令するも、「残念ながらこちらも緊急です」と引かずに、ゼルギスが耳打ちしてくる。

「——ッ！」

聞けば、確かに緊急だった。

婚儀で使用する箇所に、いくつかの問題が発生したというのだ。

「どうやら人為的な妨害による可能性が高いようです」

ミレーユに聞こえぬよう囁《ささや》くゼルギスの表情は、普段通りの柔和な笑み。けれど、声音には十分な怒りが込められていた。

「手口からして、他種族の犯行とみていいでしょう」

よもや我が一族に喧嘩《けんか》を売る種族がいるとは。時と場所を考えろよ、消し飛ばすぞ。そんな苛立ちが伝わってくる。

「私も動きますが、どうしても一か所だけ。儀式で使用する火山帯だけは、カイン様のお力が必要です」

看過できない事情に、カインは舌を打ちそうになる。

だが、先んずるはミレーユだ。なんとか竜王の儀式や竜約の攻撃を隠していたことを釈明しなければと、意気込んだものの――。

「どうか、私にはかまわず行ってください」

ミレーユはいつもと変わらぬ佇《たたず》まいで静かにそう言った。

「いや、だが……」

さきほどまで睫《まつげ》毛を伏せ、沈んだ瞳をしていたのだ。放ってはおけない。

カインの狼狽をよそに、一連のやり取りを知らぬゼルギスが提案する。

「では、ミレーユ様は私がお部屋にお送りいたしましょう」

「いいえ、心配には及びません。さすがに道に迷うほどの距離でもございませんから、お気になさらないでください」

丁寧な辞退だった。彼女が自身よりも他人を優先するのは日ごろからの常とはいえ、今日ばかりは違和感がある。

「あの……、ミレーユ?」

「婚儀に差し障る事が起こっているなら、私も不安ですから。どうか、そちらを優先なさってください」

困ったようにほほ笑まれ、カインは言葉を呑み込む。

（……仕方ない。とっとと解決して、婚儀の前に十分な時間を設けよう）

もともとミレーユに伝えなければならないことは多く、その時間も取る予定だった。

後ろ髪をひかれながらも、その場を後にするカインの姿を、ミレーユは見えなくなるまで静かに見つめていた。


一応納得して歩みを進めていたカインだったが、憤りが収まっていたわけではない。

「せめてあと少し待てなかったのか。あんな間の悪いところに……」

「そう、仰《おっしゃ》られましても。婚儀における、重大欠陥に繋がる事項ですよ。対処を急ぐにこしたことはありません。実行犯も見つけなければなりませんし。なにより、最後の最後で気持ちを緩められて、竜印の力で灰にでもなられては困ります。婚儀まであと少しの辛抱なのですから、ミレーユ様との接触は極力控えてくださ……――ッ！」

小言が始まったかと思いきや、ゼルギスの視線がある一点で留まる。

「――カイン様。……もしや、ミレーユ様と喧嘩でもされていらっしゃいましたか？」

「私とミレーユが喧嘩などするわけないだろう」

口論などするはずがない。なぜなら、ミレーユに怒られれば、その理由がなんであれ自分はすぐに全面降伏するし、ミレーユは性格上怒りを見せるタイプでもない。

(だが、さっきのアレは少し戸惑ったな……)

やめてくださいと告げた固い声。

あれは明確な拒絶の色をはらんでいた気がする。

(拒絶……ちょっと待て。アレは、本当は怒っていたんじゃないか?)

怒りと攻撃を同時に放つのが常である女性陣に囲まれて育った弊害から、その場では気づけなかったが、実はミレーユの最上級の怒り方だったのかもしれない。

ひゅっと息を呑んで、思わず足を止めた。

同時に、ゼルギスの切羽詰まった声が耳に響く。

「喧嘩ではないと?　それでは……、その右手はどうされました!?」

「は?」

ゼルギスが血の気の引いた顔で指さす先を、カインは訝《いぶか》しみながら追った。

最初はその意味が分からなかったが、自分の右手を見て――――絶句した。

消えていたのだ。

さきほどまでは確かに色濃く映えていた竜印が、まるで最初から刻まれてなどいなかったように。

「――ッ!」

まさか。そんなはずはない。

竜約が解消され、竜印が消えれば、自分が気づかないはずがないのだ。

だが、自分の右手の甲を何度擦《こす》ったところで竜印が蘇《よみがえ》ることはなく。

カインはすぐさま踵を返し、ミレーユの元へと引き返した。

けれど――。

「……ミレーユ？」

そこに、ミレーユの姿はなかった。

別れて戻ってくるまで時間にしてもわずかだったはずだ。

そのわずかな時間で、彼の大切な人は忽然《こつぜん》と姿を消していたのだ――。


「どういうことだ……なぜミレーユがどこにもいない!?」

その後、城の者総出で捜索させたが、ミレーユの行方は杳《よう》として知れず、分かったことは一つのみ。

「お昼寝をされていらっしゃったはずのルル様の姿も見当たりません……」

苦痛を滲《にじ》ませた顔で報告するナイルに、カインだけでなくゼルギスの表情も凍りつく。

「お二人が城下に降りたとは考えられません。ミレーユ様が放つ陽力は日増しに増え、あの陽力に門番が気づかぬはずがございません」

「せめて竜約があれば、繋がりを辿《たど》ることができたというのに……」

カインの右手にあった竜印は完全に消滅し、いまや見る影もない。

それが、何より不安を募らせる――。

（竜約がない状態では、ミレーユの身に何かあったとき守るものがなにもない！）

ここは上位種族ばかりが集う南の大陸だ。

もしもミレーユが誘拐されていた場合、齧歯族である彼女には自身を守る術《すべ》も、戦う力もない。

考えれば考えるだけ不安感が増す。

焦りと苛立ちで煮えたぎるものが、足元を揺らがせる。

そんな張りつめた空気の中、悠々と現れたのはクラウスだった。

「おい、何かあったのか？　城内がやたら殺気立っているのはどういうことだ。まさか宴《うたげ》の一環とか言って、戦でも起こす気じゃないだろうな」

彼の後ろには、茜色《あかねいろ》のドレスに身を包んだイライザの姿があった。

クラウスに無理やり連れてこられたのか、口元を曲げ、不貞腐《ふてくさ》れた顔を見せるイライザの態度に、カインは疑いの目を向けた。

「――まさか、嫌がらせの一種でミレーユを連れ去ったんじゃないだろうな？」

詰問する声は低く、抑えきれず魔力が溢《あふ》れ出る。上位種族の虎族でなければ、身を竦《すく》めるほどの量だ。いや、虎族であっても無事ではない。イライザは、小さな悲鳴をあげた。

「連れ去ったぁ？　ちょっと待て、どういうことだ？」

脅えのあまり兄の後ろに隠れるイライザの代わりに、クラウスが尋ねる。

「ミレーユの姿が消えた。肯定か否定だけでいい。お前たち、よもや関わっていないだろうな？」

暴れ出しそうな魔力を抑えるため、最小限に告げた問いかけだったが、クラウスはすぐさま事態を呑み込んだ。

けれど、その問いにすぐさま否定したのはクラウスでもイライザでもなかった。

「あり得ない」

答えたのは夫を引き連れ、堂々たる足取りでこちらに向かってくるエリアスだった。

「うちの一族が、お前の花嫁を害するなどあるはずがないだろう。竜族に刃を向けるとなれば、それは王の判断だ。この私が命令していないことを行うなどあり得ん」

まるで自分が虎族の王だと言わんばかりの発言に、カインは心底呆れた。

「母上、貴女はいつまで虎族の王でいるおつもりなのですか」

実際は王位を継ぐ前にオリヴェルと婚儀を挙げているため、在位期間すらない。

だというのに、エリアスの態度はあくまで虎族の王そのものだった。

「当然だろう。私よりも強い者が虎族の中にいるか？」

強さこそが虎族の王たる証《あかし》だと豪語するエリアスは、どうやら黒竜王の花嫁という立場だけでは飽き足らず、虎族の王冠さえ自分のものだと考えているらしい。

この貪欲さは、強欲な竜族すら凌《しの》ぐ。

そんな母の態度には呆れるが、イライザだけでなく、時期王位継承者であるクラウスまでも、「そうだそうだ」とばかりに肯定し、首を縦に振っている姿にはさらに呆れた。

この一族もどうかしている。

揺るぎのない自信を見せるエリアスに、それまでクラウスの後ろに隠れていたイライザが援護をもらったとばかりに声を張り上げた。

「そうですとも！　いくらあの娘が気に入らぬからと言って、竜王の花嫁となる者を誘拐などいたしません！　戦争の引き金どころか、国を滅ぼす所業ではありませんか。わたくしはそんなことが分からぬほど愚かな女ではございません。大体、そういう大それた行いと戦いに直結する荒事を好むのは、男と相場が決まっています！」

クラウスの後ろに隠れたまま、イライザは高飛車に言い放つと、ふん、と顔を背けた。

いや、いま目の前に戦いを好む女がいるじゃないかと自分の母親を指さしそうになったが、カインにとっての最重要事項はミレーユ。イライザが犯人でないのであれば、どうでもいい口論で無駄な時間を費やしたくない。

振り出しに戻った問題に、カインが焦りの表情を見せると、クラウスはやたら気の毒そうに言った。

「あのさ。普通に考えて、お前との結婚が嫌になって逃げたんじゃねーの？」

「は……？」

「いくら大人しいミレーユ嬢だって、お前たちの度重なる振る舞いには嫌気もさすだろう。限界が来て、婚儀前に逃げ出したと考える方が自然じゃねーの？」

ミレーユが自らの意思で出奔したかもしれないという可能性を示唆され、カインの顔色が青から土色へと変わる。

まったく的外れだともいえない事情が直近で生じていたため、一笑に付すこともできない。

(あのとき、やはりミレーユは怒っていたのか？　だから、逃げた——？)

絶望の淵《ふち》に立たされた心地とは、きっとこういう想いなのだろうとぼんやりと思う。

愕然《がくぜん》とするカインの前に、それまで空気のように静かだったオリヴェルがのそりと立った。

じっとカインの右手に視線をやり、やがてポツリと呟く。

「竜約は解消されてない。深く沈んでいるだけ」

「父上？」

「ちゃんと辿れば、繋がっているのがみえる」

「!?」

父の言葉に、カインは弾かれたように右手を見つめ、竜印が消えた右の甲に左手を当てた。

全身の魔力を集中させ、わずかな隙間さえ見逃さぬよう、意識を研ぎ澄ませる。

「——ッ！」

ある。

ほんの微《かす》かだが、ミレーユと繋がっている気配が感じ取れた。

「手の甲から竜印は消えているのに、竜約は解消されていない？　そんなことできるのか？」

エリアスがオリヴェルに問う。

竜約を交わすことなく婚儀をあげたエリアスにとって、この辺りの感覚はまったく理解できないものだった。

「できるんじゃない」

「どうやって？」

なおも問えば、オリヴェルは少し考え。

「術を書き換えるとか、かな」

「父上、簡単に言いますが、竜約は初代竜王が施した術ですよ。術の書き換えは、私には不可能です」

そんなことができるなら、とっくにそうしている。

それが不可能だったからこそ、回復特化でミレーユに触れていたのだ。

「これがカインの意思でないのなら、できるのはお前の花嫁しかいないね」

とんでもないことを言うオリヴェルに、カインだけでなく、その場にいた全員が絶句した。

「ミレーユが術を施したというのですか？　まさか……。ミレーユは魔力が低いんです。竜約の書き換えなどできるはずがありません」

「あの子の術は魔力じゃなくて陽力でしょう。陽力は竜約と同じ古代魔術だから、書き換えられるんじゃない」

「陽力を術として使用しているというのですか？　いや、まさか……」

「でも、ゼルギスが僕を連れて行ったあの氷の大地から感じられたのも陽力だったよ」

あまりにサラリと言うので、カインは思わずゼルギスを振り返った。

そんな報告は受けていない。ゼルギスから受けたのは、やはりオリヴェルでも探知できなかったということだけだ。

ゼルギスも初耳だったのか、目を見開いていた。

「兄上っ、お連れした際、そのようなことはいっさい仰られなかったではありませんか！」

ミレーユが術で張った氷に触れても、オリヴェルはとくになにも言わず。ただ一言、「眠い……」としか発しなかった。

「どうしてその場で教えてくださらなかったんですか!?」

「え？　だって、とくに聞かれなかったし」

なんで怒ってるの？　とばかりにオリヴェルは不思議そうに首を傾げた。

絶句するゼルギスに、クラウスは呆れたように言った。

「いっとくけど、こっちからすればお前らはいつもこうだからな」

説明不足。

そもそも分かっていないことが分かっていないので、理解させようとする気がない。

「竜族の欠点が、全部合わさった結果がこれか……」

「と、とにかく、まだ竜印が繋がっているならミレーユの位置を割り出せる！」

いち早く気を取り直したカインは、ミレーユの居場所を探し出そうと構えると、突如、腹部に衝撃が走った。

強い体幹を持つゆえに倒れることはなかったが、驚いて下を見れば、それは弾丸の速さでカインに突進したルルだった。

「むぅ〜〜〜っ！」

激突したさい、額を打ったのかほんのりと赤く染まっている。

「ルル！」

すかさずゼルギスが己の魔術でルルの額を治療しつつ「ルル、飛び込むなら私の腕にしてください！」とカインを睨んだ。

「いまお前のやっかみを聞いてやれるほど、私に心の余裕はないからな！」

とはいえミレーユの消息不明に切羽詰まっていたカインにとって、ルルの姿は束の間《つかのま》の安堵をもたらした。

ミレーユがルルを置いて、一人どこかに消えるなどあり得ない。

もしも自分の意志で城を出たとしても、きっとルルも一緒に連れていくはずだ。

ルルがここにいるということは、自分の意思である可能性は低い。

「ルル、ミレーユを知らないか!?」

両肩を摑んで問い質《ただ》せば、かなり急いで走ってきたのか、ルルの息は弾んでいた。

ゼーゼーと、呼吸するのもキツそうだが、ルルはぐっと息を止めると、いっきに吐き出すように叫んだ。

「だからルル、ヘビとトリとネコは嫌いなんですぅうう！」

私怨たっぷりの言葉に、一瞬ぽかんとなる。

「いまルルの好き嫌いを聞いてやれるほど、私に心の余裕はないんだが……」

「あの変な仮面被《かぶ》ったトリが、姫さまのこと連れていっちゃいましたぁああ！」

「仮面被ったトリ？」

ざっと、記憶がよみがえる。

そうだ。忽然と姿を消す前に、自分以外にもミレーユと話していた人物がいた。

あの場からすぐ去ったと思い込んでいたが、もしあの男が潜んでいたならば。機会を窺《うかが》っていたのなら。

カインは顔から表情を消し、もう一度竜印を探った。

怒りでさらに研ぎ澄まされた集中力。それによって割り出せた位置は――――。

「鷹族の、領土内だ……っ」

理解した瞬間、沸々と煮立っていたなにかが、いっきに溢れ出した。

地面がグラグラと揺れ、なにもないところから煙があがる。

嫌な予感に、クラウスの背筋に怖気が走った。

「お……、おい、待てよ！　お前っ、自分が赤竜だって忘れてるんじゃな――ッ！」

制止の言葉が終わる前に、大量の蒸気が辺りを包む。煙から微かに見えるカインの身体が、紅蓮に染まっていく。

「ルルっ、こちらに！」

「ふぇ？」

ゼルギスはすぐさま一番カインの近くにいたルルを引き離し、庇うように自身の身体で覆った。

それはほんの一瞬だった。

目をパチパチと瞬《しばた》かせるルルの目には、もういつものカインの姿はなく。

そこにいるのは、灼熱《しやくねつ》の蒸気と共に唸《うな》り声《ごえ》をあげる――巨大な赤い竜。

黒竜のオリヴェルと違い、赤竜の元始体は常に火炎を放ち、その身体に触れれば瞬時に灰となる。

「お二人ともっ、動かずそのままで！」

元始体になるさいに放たれた威圧と火炎によって地面に沈んだクラウスとイライザに、ナイルが叫ぶ。上位種族とはいえ、赤竜の元始体から放たれる力には太刀打ちできない。ナイルは風の術でシールドを張り、二人を守った。

守りに徹するゼルギスとナイルの代わりに、充満する威圧と火炎を抑え込む任を負ったのはオリヴェルとエリアスだった。

「たくっ、自分の魔力くらい自分で制御しろ」

エリアスは文句を言いつつ燃え広がる炎を消火するも、二人の力を行使しても、凄《すさ》まじい威圧と魔力の火炎は簡単には消えない。

苦戦する両親をしり目に、火炎をまとった竜が天へと翔《か》けていく。

そんな息子の姿に、エリアスはさらに毒づいた。

「成竜になっても面倒をかけるとは、手のかかる……ん？」

ふいに、エリアスが手を止めた。

大きく燃え上がる炎が手をかすめたことで、あることに気づいたのだ。

「なんだ、この火炎は……。攻撃に回復術が付与されて、無力化しているじゃないか」

そのことに気づけば、炎の大きさに熱さを感じていたのも脳の錯覚だったと分かる。

とはいえ、火炎は無力化しても、放たれた威圧は精神攻撃。完全なる無害とはいえない。

現に、クラウスたちはいまだに地面に這《は》いつくばっていた。

「あいつ、意外に器用だな」

「伯母上っ、感心していらっしゃらないで、早くこの威圧を解いてください……！」

途切れ途切れながらも必死で懇願するクラウスに、エリアスは呆れたような視線を投げた。

「我が一族の王子がなにを軟弱なことを言っている。この程度の威圧で腰を抜かすな、情けない」

「む、無理をおっしゃらないでください！」

声を出せるだけでも良しとして欲しい。イライザに至っては、声すら出せない状況だ。

けれどエリアスは納得せず。

「泣き言を言うな。あっちの子ネズミはあんなに元気じゃないか」

「は……？」

エリアスが指さす先は、ゼルギスに庇われているルルだった。

ルルは庇われる必要などないのではないかというほど、キラキラとした瞳で空を見上げていた。

「うわぁ、すっごく大きくて赤いトカゲでしたね！」

なにやらキャッキャッと無邪気に喜んでいる。

クラウスは愕然とした。

「嘘《うそ》だろう。なんなんだ、あのネズミ……」

折れたプライドを無理やり完治させたばかりだというのに、またもや深い傷が刻まれていく。

その原因を作った張本人は悠々と飛び立ち、いまやその姿はない。

クラウスは唇をワナワナと震わせ、盛大に吠《ほ》えた。

「一回くたばれっ、くそ竜がぁあああああ！」

変わらぬ想い

時は、少し前に遡る。

カインと別れ、その後ろ姿を見送ったミレーユは、沈んだ気持ちのまま深いため息を吐き出した。

とたん、まるで大量の魔力を消費したかのような疲労感がずしんときた。

（……ッ。身体《からだ》が重い……）

きっと精神的なものからきているのだろう。

己でも情けないと呆《あき》れるが、短時間で知り得た情報は意想外のことばかり。心を重くさせるには十分な威力があった。

死と隣り合わせの竜王の儀式、頑丈な竜族の身体に傷を負わせるほどの竜約の攻撃。

衝撃の事実を知り、ふいに耳に蘇《よみがえ》ったのはイライザの言葉だった。

『いったい貴女《あなた》は、カイン様のためになにができるのかしら？』

本当に、自分はカインのためになにができるのだろう。

早すぎる継承の儀で大変な思いをしたのも、ミレーユの憂いを慮《おもんぱか》って争いを禁じる告示を発令したのも、距離を縮めようと手を伸ばしてくれたのもすべてカイン。

彼が引き換えにした時間と労力と痛み。それらが大きければ大きいほど、なにもできない我が身が辛《つら》い。

（そこまでしていただけるだけの価値が、はたして私にあるといえるの？）

くらりと、世界が揺れた気がした。

罪悪感と焦燥感に似たものがせり上がり、うまく呼吸ができない。

さきほどもカインを目の前にして、混乱のあまり感情を抑えることができなかった。

「……やっぱりダメよ。このまま何食わぬ顔で婚儀を迎えることなどできないわ」

ミレーユは暗雲を散らすように首を振ると、ぐっと眉根を寄せ、表情を引き締めた。

いま心の中にある自分の感情をきちんと言葉にして、カインに伝えなければ。

決意を固め、一歩を踏み出したときだ。――身体に何かが走った。

背筋に氷柱《つらら》が滑るような、ゾクッとする嫌な感覚。思わず後ろを振り向く。

「……ルトガー様？」

「――おや、意外と勘がいいですね」

そこには、てっきり辞したとばかり思っていたルトガーがいた。

彼は少し意外そうに笑うと、ゆっくりとした足取りで木々の隙間を抜け、こちらに向かってくる。

その後ろには、正装姿の鷹《たか》族と思《おぼ》しき者が数名いた。一見すると高官を引き連れた一行にも思えるが、それにしてはなんだかおかしい。

口元だけは初対面のときと変わらぬ笑顔を向けているが、頭飾りを通していても分かるほどに、ルトガーの瞳の色は薄暗く淀《よど》んで見える。

ミレーユはやや緊張の面持ちで口を開いた。

「これはルトガー様、さきほどは大変失礼いたしました。……道に迷われましたか？」

動揺を気取られたくなくて笑みを浮かべるも、ルトガーの瞳が和らぐことはない。

彼はミレーユの問いかけには応じず、ドレイク国の壮麗な宮殿を見上げた。

「昔から、この国の者は平和ボケばかりだ。門番はおざなり、他国では国宝級の品も竜族にとっては普段使いが当然とばかりに鍵のない部屋に平気で放置しているありさま。——神の種族から何かを強奪する者などいないと、高を括《くく》っているのでしょうね」

静かでありながら含みのある声が滔々《とうとう》と続く。

「否、高を括っているわけではなく、奪われたところで困ることはないと考えているのかもしれません。しょせんどんな逸品も、彼らにとってはすべてにおいて替えがきくものばかり。神の種族には、その技術と力がありますからね」

「……、なんのお話をされていらっしゃるのです？」

ごくりと息を呑《の》み、窺《うかが》うように問うも、答えはなく。

頭の中に警鐘が鳴り響き、反射的に後ずさりしたくなる。

「けれどこの傲慢な国にも、決して替えのきかぬものが存在します。それを盗めば、少しは失うことの恐怖を知ってもらえるのではないかと」

そう思うのですよと、平坦《へいたん》に言い放ちながら、彼はミレーユを見下ろした。

ミレーユとて、彼の意図するところが分からぬほど愚鈍ではない。

ドレイク国での生活はあまりに平和で、のんびりとした日々を過ごさせてもらっていたが、母国では弱国故に常に狩られる脅威に晒《さら》されてきた。

いま、まさにルトガーから放たれているのは、それと同じもの。

潰されたくなければ従順に応じろという命令だ。

ミレーユは、さっと身に着けている小物に目をやった。

髪には薔薇《ばら》の花を模《かたど》ったダイヤモンド。耳には真珠を使ったイヤリング。ルビーの小花がちりばめられたブレスレット。すべての装飾品に、これでもかというほどの宝石が使用されている。

以前、母国の森でヨルムと遭遇した際、魔術を付与できる石が見つからず焦った経験から、必ず一つは石のついた装飾品を身に着けるようにしていた。

(厚い氷の壁をつくり、その隙に逃げれば助けを求められるかもしれない。カイン様もゼルギス様もまだ近くにいらっしゃるはず……)

ミレーユはぐっと右手に力を入れた。

しかし、まるでこちらの考えなどお見通しとばかりに、ルトガーは乾いた笑みを零《こぼ》す。

「貴女の術が、石を媒体にすることは知っていますよ。宝石類はすべて捨ててください。でなければ、——あの侍女の命は保証できません」

「え——?」

ルトガーの指がくいっと動くと、控えていた者とは違う男が、大木の後ろから現れた。

その腕には、口元を塞がれながらも「んー! んー!」と呻《うめ》きながらジタバタと暴れているルルがいた。

「ルル!?」

男はおもむろに上衣に隠していた短剣を取り出すと、ルルの細い首に銀光を放つ切っ先をあてた。

その光景は、ミレーユにとって己に刃が向くよりも大きな恐怖をもたらした。

「お止《や》め下さい！　術は使わぬとお誓いします！」

ミレーユはすぐさま着飾っていた装飾品を外し、地面に置いた。

ルトガーはミレーユがすべての石を手放したことを確認すると、ルルに刃を向けていた男から短剣を受け取り、おもちゃを扱うように、それをくるりと回した。手慣れた仕草に、彼自身も武器の扱いになれていることが窺えた。

（ルルを人質に取られれば為《な》す術《すべ》がないことも、私の術のこともすべて知られている……）

その用意周到ぶりに、ルトガーがこの時をまちかまえていたことを悟る。

初対面のときに、彼に覚えた違和感。

いまならあのときの違和感がなんだったのか分かる。

ルトガーは初対面の時、出立が遅れたと言っていたが、フェイルはその数日前から居城の空を飛んでいた。フェイルだけがルトガーよりも先にドレイク国に来ていたとは考えにくい。

ならば、彼もあの時点からドレイク国に滞在していたはずだ。

フェイルを使役し、ミレーユの近辺を探り、一人のときを狙って近づいたと考えるとつじつまがあう。

「目的は……、貴方《あなた》がたの目的は何ですか？」

「いまは十年前の報復――とだけお伝えしておきましょう。ここで長話をすれば、不利になるのはこちらですから」

捕まるリスクは冒さぬとばかりに、彼は白地の衣を翻した。

「さて、花嫁殿。侍女を無事に返してほしくば、黙って付いてきてもらいましょうか」

「んん〜〜っ！」

ルトガーの言葉に怒りのボルテージが最高潮に達したのか、ルルは人質とは思えぬダイナミックな動きで暴れまわり、右手をルトガーの頭部に直撃させた。その拍子に彼の頭飾りが外れ、芝生の上に飛ぶ。

「――っ」

額に手を当て、ルルを睨《にら》むルトガーの瞳に、ミレーユは息を呑む。

切れ長の虚《うつ》ろな目が露《あら》わになり、その下に刻まれた濃い影。

未来に希望を見出《みいだ》すことを諦めた、恐怖と絶望に打ちひしがれた色。

（あの目は……）

同じような目を、幼いとき見たことがあった。

一瞬、過去の記憶が想起されたミレーユだったが、逃れようと動き回るルルにハッとする。

ルルは口元を押さえていた男の指をがぶりと噛《か》んで、叫んだ。

「姫さまっ、逃げてください！　この人たち泥棒です！　お部屋から衣を盗んでいたんですっ」

「ルルっ……！」

一人で逃げることなどできるはずがない。

彼の目を見て悟った。

もしもこのままミレーユが一人逃げれば、ルルは確実に殺されるだろう。

見知らぬ侍女を一人殺すなど、いまの彼の精神状態なら容易《たやす》い。

できるだけ平静を装い、ミレーユはいつもの口調で静かに告げた。

「ルル、私は大丈夫だから。ルトガー様のおっしゃる通りにして」

「姫さまっ!?」

「お願い」

短い懇願に、ルルがぐっと喉を鳴らす。

ミレーユは真っ正面からルトガーを見据えた。

「私はどこにでも参りましょう。ですが、ルルは解放してください。それが条件です」

その求めに彼は目を細め、薄く笑った。


彼らが盗んでいたとされる衣は、魔力封じの衣だった。

赤銅色の飾り玉がついた衣を被《かぶ》せられたときは、なぜ魔力の低い自分に？　と訝《いぶか》ったが、封じの衣は魔力だけではなく、陽力も封じることができたのだ。

陽力は、上位種族であるルトガーたち鷹族でさえ容易には感じられないもの。だが、竜族の門番は違う。すぐにその存在に気づかれてしまう。

ゆえに、ミレーユを人知れず連れ出すには必須の魔道具だったのだ。

（これはどう考えても短期間で計画できるような代物ではない。ずっと前から練られていたものだわ）

鷹族が得意とする風の術で通常よりも速く馬を走らせ、着いた場所は砂漠の地。

辺り一面を砂が支配する大地に立つのは、三階建ての塔。

キラキラと輝く水晶で建てられたそれは、柱が等間隔に立ち並ぶ、壁のない造りをしていた。

強い日差しが砂に反射し、柱間から入り込む。

眩《まぶ》しさに目を細めたくなるも、視覚から入る情報は少しでも逃したくないミレーユは、必死に目を見開き、塔の中を探った。

（周りは砂ばかりで、建物はこの塔一つ）

何もない土地に建てられた理由は、一体何なのか。

灯台か、はたまた牢獄《ろうごく》？　しかし牢獄にしてはその機能がない。

風と砂が真っすぐに塔を突き抜ける造りには、閉じ込められるような部屋も存在していなかった。

あるのは、連れられた最高階の奥に見える石碑のみ。

石碑には何か文字が刻まれていたが、遠目からはなにが書かれているのか解読はできなかった。

「……ルルはどこに。私の侍女は無事なのですか？」

一人連行されてしまったため、ルルの安否は不明のままだった。

不安を滲《にじ》ませれば、ルトガーは奥へと歩きながらサラリと答えた。

「ご安心ください、殺してはいませんよ。下手に殺せば、遺体を処理するのに時間がかかりますからね。あの娘は、部下が迷い隠しの道に置いてきました。今頃は戻ることも叶《かな》わず、ひたすらさ迷っていることでしょう」

「迷い隠しの道に……」

あの道は、竜族の者ですら迷う。人目につかず、戻りたくとも戻れない。そういった意味でも、彼らにとって絶好の幽閉地だったのだろう。

だが、あの場所はルルにとっては庭だ。

何度カインやナイルが出入りを禁止しても、「なんで迷うんですか？」と不思議がるほど。

（よかった。ルルならきっと無事に戻れるはずだわ！）

さすがに侍女の特技までは調べ上げていなかったようだ。

ルルの身を案じていたミレーユは少しだけほっとし、ルトガーに見咎《みとが》められないように胸をなでおろした。

（そうとなれば、あとは何としても帰還を目指すだけだわ。明日の婚儀までには、なんとか戻らないと）

宝石の類は回収されてしまったが、竜印を警戒してか、彼らがミレーユに近づくことはなく、拘束もされていない。

敵はルトガーをいれても十人に満たないが、正装を脱ぎ、民族衣装の衣を羽織った彼らの腰には大小の剣がぶら下がっている。兵の数も、今後増えないとは限らない。

（私があと使える術は、遠くの音を拾うことと、仮死の術で疲労を少し回復することだけ……）

こんな砂漠では音を拾っても意味はない。仮死の術など、この場では論外だ。

焦りで額に汗がにじむが、焦ったところで劣勢は変わらない。

ならば少しでもこの場を好転するべく、情報をかき集め時間を稼ぐのみ。

「十年前の報復と仰《おつしや》っておられましたが、一体どういうことでしょう。告示が戦の終結へと導いたとお聞きしておりましたが、本当は不服であり、その根源である私へのお怒りが、今回の行動に繋《つな》がったのでしょうか」

「――百年」

「え？」

「百年ですよ。熊族との決着のつかぬ戦いは百年続きました」

想定以上の長い戦争だった。

瞠目《どうもく》するミレーユに、彼は続けた。

「両国一歩も引かず、休戦状態のときですら諍《いさか》いは多発し、長きに渡って死者をだしました。鷹族も、寿命はけっして短くありません。それでも百年はあまりに長い」

領土争いの小競り合いから端を発し、戦は大小数えきれず。

話し合いの機会すら、血を見ずに終わることはなかった。

「十年前、あの告示を受けた日は、長年の遺恨の集大成ともいえる大戦がはじまろうとする、まさにその時でした――」

両国の長い戦いに決着がつく、最終決戦の日。

いままさに開幕の銅鑼《どら》が打ち鳴らされようとしたその瞬間、彼は空から現れた。

竜王の儀式に入ったカインの名代を受けたゼルギスが、濃いアメジストをちりばめたような翼を広げ、悠々と高みから両軍を見下ろし、そして命じたのだ。

「次期竜王になられる若き主君の命令です。どの種族間も例外なく争いごとを禁じろと。仰せの通り、貴方がたには戦を止めていただきます」

物腰柔らかな声が、至上命令を下す。

もちろん両国とも唖然《あぜん》とし、当然のように反発した。

だが相手は竜族。しかも、ゼルギス・ドレイクだ。

竜族の中でも、翼を持てる者は数少ない実力者のみ。本来竜王の座についてもなんらおかしくない俊傑としても知られている男が、異論など許すはずもなかった。

「今日まで十分争ったでしょう。これ以上弱者同士が戦ったところで、あまり意味はないと思いますよ」

呆れたような言い方に、兵たちが怒りの声をあげる。

ゼルギスの翼から放たれる威圧も、戦直前、死を覚悟してでも憎き相手の首を打ち取ってやろうという異様な高揚感を持っていた兵たちの闘争心を煽《あお》っていた。

「仕方ありませんね。我が次期王に逆らうというのならば――」

彼は何万と揃《そろ》う大軍をざっと見ると、軽やかな笑みを浮かべ、人差し指に小さな魔力を込めた。

直後、放たれた魔弾は鷹族と熊族の間にあった境界線に直撃し、大地を二つに割った。

軍勢を容易に呑み込むほどの長く巨大な裂け目は、底が見えず奥深くまで続いている。

「二打、ですね」

彼は無造作に言い放つ。

「二打あれば、容易に壊滅できます。さて、どちらが先に食らいたいですか？」

たった一打。それも軽く放たれたものが、大地を割ったのだ。威力は桁違い。

それは、その場にいた全員の戦意を喪失させるに十分な力だった――。


「百年に渡る怨敵に対し、一切の刃《やいば》を禁じられた。あの戦に至るまで、いったい何人の戦士が死んでいったと思う？　国のために命を捧《ささ》げた者たちに、竜族に屈服したために仇《かたき》が取れなかったなど
と、そんな報告できるはずがないだろう！」

それまで崩れなかった彼の言葉が荒々しく尖《とが》る。

額を押さえ、怒りを抑えようとするも、感情の高ぶりは納まらず。

「せめて戦で勝利すれば、彼らの魂も浮かばれるはずだったんだっ。いままで一切の干渉をせず、

この百年仲裁に立つことさえなかったというのに、それを小娘一人のためになら動くのか！」

憎々し気に吐き出すと、己を律するように肩で息を整え、やがて小さく呟《つぶや》いた。

「あの男も、奪われる苦しみを知ればいいんだ……」

鋭い眼光を向けながら、ルトガーは腰に差していた剣をゆっくりと引き抜いた。

長剣の切っ先が、真っすぐにミレーユの喉元を狙う。

ゆらりと、何かに憑《つ》かれているかのような動きは、まるで彼自身が死人のようだった。

(時間の経過と共に、ルトガー様の様子が目に見えておかしくなっている)

淀んだ黒青の瞳は、一層黒く塗りつぶされているかのように生気を失い、顔は青白く染まっている。兵たちも、そんな彼を気づかわしそうに見守っているのが見て取れた。

向けられた刃よりも周囲に目をやるミレーユの様子を余裕と受け取ったのか、ルトガーは剣を握ったまま笑った。

「竜印の力が盾となって守ってくれると信じているようだが、君の竜約はすでに解消されている」

「え……？」

笑いながら胸元を指され、思わず下を見るも、そもそも齧歯族《げっし》のミレーユに竜印を視認できる力はない。

「言っておくが、嘘《うそ》で混乱を誘っているわけではない。その証拠に、君の連れ去りを決行したのは、胸の竜印が消えたことを確認できたからだ。下手に近づいて、竜印の炎に焼かれては困るからな。だが、いまは違う。たとえ君に悪意を持って触れたとしても、竜印が君を守ることはないだろう」

竜印を警戒し、近づかぬようにしていたのではなく、竜印が消えたことをミレーユに気取られないために近づかなかったのだというルトガーの言葉も、ミレーユの耳にはうまく入らない。

「竜印がない……どうして……？」

盾となるものが無くなった不安よりも、なぜという疑問の方が大きかった。

お互いの気持ちに一切の曇りが生じなければ、竜印が消えることはないはず。

それが無くなっているということは――。

「竜印の消滅はすなわち、想《おも》いの薄れを意味する。少し引っ掻《か》き回せば心など容易に壊すことができると踏んでいたが、想像以上に早くてこちらが驚くほどだったよ。――さて、どちらの心変わりが原因かな」

まるであざ笑うような声が響くが、ミレーユの気持ちが揺らぐことはなかった。

「カイン様は心変わりなどいたしません」

（たとえ恥知らずの自惚《うぬぼ》れだと嘲笑されてもいい。誰がなんといおうが、これだけは確信できる！）

自身を犠牲にしてでも、カインはミレーユを欲してくれた。

己の不利益など、一つも考えずに。

その彼の心を疑うことなど、どうしてできよう。

確固たる宣言に、目の前の男は不機嫌そうに片眉を上げた。

「ほぉ。ならば、君の心に曇りがあったことになるな」

「私に？」

「現に、君は赤竜王を拒絶していたじゃないか」

なんのことだろう。

カインを拒絶するなど、それこそあり得ない。

「赤竜王は、君のやめろという言葉に、ずいぶんショックを受けていたようだが」

それが外庭で交わされたカインとの会話のことを言っているのだとすぐに気づいた。

やはりルトガーは、あのときあの場所から辞していなかったのだ。そのうえ風の術を使ったのか、会話まで聞かれていた。

確かにミレーユはあの時、『やめてください』と呟いた。

「あれは、カイン様にお伝えしたものではありません。竜印にお願いしただけです」

「願う？　そんなことに何の意味がある。竜印は花嫁の願いを叶えてくれる魔法の印ではないぞ」

「どうしても嫌だったんです……っ」

竜印の力を直視し、その力に恐れおののきつつも、同時に許せないと思った。

彼を傷つけるものを。

たとえ、それが初代竜王の施した術であったとしても。

十年間、自分を守ってくれた恩義ある力だったとしても。

「……そうですね。私が強く願ったことで、竜印は消えてしまったのかもしれません」

胸元を指で押さえ、睫毛《まつげ》を伏せる。

ミレーユのふさぎ込むかのような仕草に、ルトガーは歪《ゆが》んだ笑みを浮かべた。

しかし黒曜石の瞳は、すぐに強い光をもってルトガーを見据えた。

「消えてしまったのならば、もう二度とカイン様を傷つけることもないでしょう。元より私には見えなかったもの。――自分の身は自分で守り、必ずやあの方の元に戻ります」

決意を滾《たぎ》らせ、瞳を吊《つ》り上げる。

どこまでも一途《いちず》な想いは月明かりに煌《きら》めく一面の淡雪のようで。

ルトガーの中に、沸々と踏みにじりたくなる衝動が沸き起こった。

「愚かしい。竜族がどれほど恐ろしい生き物か分かっていないから、それほど安易に信じるなどと言えるのだ。どうせ聞かされていないのだろう。なぜ竜約ができたのか。なぜ花嫁のみに都合よく、存在しているのかを」

ルトガーの淀んだ瞳が、さらに濁りを濃くした。

「竜約とは、初代竜王が生み出した自責の術にすぎない。彼らが君になにも伝えようとしないのも、知れば恐れると分かっているからだ。竜族は本来傲慢で、他者を顧みない生き物。その証拠に――初代竜王は花嫁を一度殺している」

「……え」

「逆らうものは、それが花嫁だとしても許さない。見せしめだったのか知らないが、初代竜王が花嫁を殺し、自身の術で生き返らせたことは事実だ。それが原因となり、花嫁は人としての寿命しか生きることができなかったと聞く」

一度魂と身体が離れてしまったからか、初代竜王がどれほど花嫁の寿命を自身と同じようにしようとも叶わなかった。

「その自戒から竜約はつくられ、二度と花嫁を殺せぬようにしたのだ」

初代竜王が、花嫁を殺した？

聞き入っていたミレーユの唇が戦慄《わなな》く。

それはドレイク国にとっても秘中の秘。嫁ぐ娘にとっては、凍りつくような話だ。

けれど、ミレーユの動揺はルトガーの思惑とは違うもので——。

（初代竜王様が花嫁様を殺した？　そんなこと、あるはずがないわ）

胸を占めるのは、どうしてそんな話になるのかという疑問だけ。

彼《か》の君が、花嫁を殺すわけがない。

（殺すはずがない？　私……、どうしてまったく存じ上げない初代竜王様のことを、そんな風に思うの？）

分からない。分からないが、違うのだ。

「だって、あの方は——」

無意識に呟いた瞬間、ズキッと頭に鈍い痛みが走った。


『力を、望むか』

頭の中で、痛みと共にまたあの声がした。

いままでと違うのは、まるで自分に問われているように聞こえることだった。

なぜだろう。

遠い昔、同じことを誰かに聞かれた気がする。

あれは、一体誰だったのか。

私は、なんと答えたのか。

思い出せない。

けれど、いまの自分ならなんと答えるだろうと考えた瞬間、胸にじりじりとした熱が広がり、身体全体を包み込んでいく。

痛みはなく。あるのはなにかが剝がれ落ちていくような感覚。

剝がれたところから、なにかが溢《あふ》れてくる。

それははじめて魔石に触れて感じた、あの感覚にとてもよく似ていた——。

✿✿✿

ミレーユの異変には気づいていた。

竜族の陰惨な過去が、よほどショックだったのか。

額を押さえ、膝から崩れ落ちた身体はいまも立ち上がれずにいる。

身体を支えるように床に両手を当て、苦しいとばかりに呼吸を繰り返すミレーユを、ルトガーは半眼で見下ろした。

　これは、どうやら精神的なものだけではなさそうだ。

（所詮は下位種族の姫。威勢よく振る舞っていても、無理がたたったか）

　移動中も常に威圧を放ち、ミレーユの身体に負荷をかけ続けた。その効果がやっと出てきたのだろう。

（ここまで弱れば、あとは――――あとは、どうすればいい？）

　竜印が消えた原因が実際どちらにあるかは分からないが、ルトガーに向けた赤竜王の嫉妬の焔《ほのお》から見ても、ミレーユの人質としての価値は十分にある。

　彼女の命と引き換えに、非戦を強いられてきた告示を解かせ、長年の仇をこの手で打ち取れば、きっと失った命も報われるはずだ。

　そうなれば、やっと自分にも眠れぬ夜が明け、明るい日差しが舞い込む。

（…………本当に、そうだろうか）

　自分は何か、大きな過ちを犯していないか。

　神の種族たる竜王の宝を奪ったのだ。その報いの大きさは計り知れない。

　眩暈《めまい》と動悸《どうき》が強くなる。身体全体が早鐘のように、心臓が鼓動を刻む。

（いや、間違ってなどいない。私は鷹族の領主として、誇りある戦士として戦い続けなければならないのだから）

　そのためなら、どんな手段も択《えら》ばない。

ルトガーは自分に言い聞かせるように心の中で囁《ささや》き、疑問を押し殺した。

ふと気づけば、苦しんでいたはずのミレーユが、静かにルトガーを見つめていた。

その表情にさきほどまでの苦悶《くもん》はなく、磨き上げられた宝石のような秀麗な気配が漂っていた。

なんだ？　と訝しむ。さきほどまでとは雰囲気が違う。

「……だったのですね」

「？」

小さな呟きが聞き取れず、耳をすます。

「ここは、霊廟《れいびょう》だったのですね。戦火で命を落とされた方々の」

「――っ」

今度は明確に聞き取れた言葉に、思わず声が零れた。

この塔は、数年前ルトガーが領主を継いだと同時に建立させたもの。

燦々《さんさん》とした陽《ひ》が当たる、異国の者ではなかなか辿《たど》りつけない場所を選んだ。

（……いや、特段驚くことでもない。塔の造りからして、想定することは容易いはずだ）

そう思うも、ルトガーを見据える黒曜石の瞳はこちらの心を見透かしているようで、どうしても焦りが生じる。

彼女はゆっくりと立ち上がると、視線を奥にやった。ルトガーの後ろにある石碑に。

「ルトガー様、私を使って仇を取ったところで、シルビオ様はお喜びにはなりません。貴方様を案じるあまり、魂をこの地に縛り付けるだけです」

「な……っ?!」

懐かしい名を口にされ、ルトガーは声もなく立ち尽くした。

指からするりと剣が落ち、ガシャンという耳障りな音をたて床に転がっていく。

後ろに控えていた兵たちの顔にも動揺が走り、どういうことだとばかりに顔を見合わせている。

「なぜ、その名を──」

石碑に名は刻まれていない。刻まれているのは死を悼む国詩のみだ。

絶対に彼女がシルビオの名を知るはずがない。

ルトガーの右腕として戦場を駆け回っていた彼が亡くなったのは、十年前。いまや側近たちの中にも、彼を知らない者は多い。

なのに、なぜ?

「どこで……、どこでその名を知った!?」

余裕のない叫び声をあげるルトガーに、静かな双眸《そうぼう》が向く。

諭すような眼差《まなざ》しを湛《たた》えた黒曜石の瞳が、亡き戦友を思い起こさせ、顔が強張《こわば》った。

「大切だった方の死の辛さは、私にも覚えがあります。ですが、その死から目を背けるあまり、貴方様がとった行動は、焚《た》きつける必要のない業火を国民に浴びせるようなもの。その行いは許容できるものではございません」

彼が生きていれば、きっとこの娘と同じ諫言《かんげん》を口にしただろう。

何を考えているんだお前は、と呆れた色を瞳に乗せて。

「ッ！」

分かっていた。この行為に意味などないことは。

ただひたすらに国民を危険に巻き込むだけだということは。

それでも――――。

「うるさいっ！　戦う力を持たず、ただ唯々諾々と強者に従うことでしか存続できない下位種族の小娘がっ。赤竜王に守られてきた貴様に何が分かる!?　戦場の血の匂いも、弔うこともできずに腐敗する遺体の山も知らずっ。本当の地獄を見たことがないからそんなきれいごとが言えるんだ！」

「ならば、また始めたいのですか？」

「なに……？」

「そんな戦いを、また始めたいのですか？　告示を取り消せば、その屍《しかばね》の山となるのはいまの子供たちですよ」

凪《なぎ》のような声。けれど、その声には静かなる怒りが込められていた。

他国の民であろうと、そんなことは絶対に許せないという強い怒気が。

「確かに、私は戦う術を持ちません。それゆえに、十年前もなにもできなかった。……あの時、自分に力があったならと、何度己の非力を嘆いたことでしょう」

当時に想いを馳《は》せているのか、両手を見つめる彼女の瞳は悲しみに満ちていた。

「ですが、弱い立場だったからこそ、同じ者たちの気持ちが理解できる。ただひたすらに、平和を祈ることしかできない者たちの心に寄り添えると、――そう信じています」

言葉を切り、伏せていた顔があがる。

「ルトガー様、私は貴方をお止めしたい」

決意の光を宿した瞳に、気づけば足が後退していた。

微《かす》かな威圧さえ放てない下位種族の空気感に呑まれている。

(こんな小娘の虚勢に、この私が怯《ひる》む必要など……)

だというのに、目の前の齧歯族の姫に、自分はなぜ竜王と同じ恐れを抱いているのか分からない。

(違うっ。そんなはずはない!)

婚姻の儀が成立していない以上、彼女に力など皆無。

そんな小娘に、一度でも怯むなど……。

「私を止める？　随分大きく出たな。いまの君は、竜王の加護もない。無力なただのネズミにすぎないことを忘れるな！」

恐怖を煽る道具として剣を使用していたが、それももう必要ない。

無力な下位種族だと知らしめるために、ルトガーは風の刃を放った。

風を切る音がミレーユを襲う。

だが——。

「!?」

風の術によって放たれた三日月形の刃。

しかし、鋭い刃はミレーユに届く前に、真っ赤な炎の円陣によってかき消されてしまう。

「バカなっ、竜印は消えていたはずだ！」

どれほど目を凝らしてみても、ミレーユの胸元の印は消えている。見間違いなどではない。

「どういうことだ？」

シルビオの名を口にしたことも、ないはずの竜印の力が彼女を守っていることも、すべて想定外だった。

（いったい、なにがどうなって……）

混乱の中、ミレーユが祈りを捧げるように、胸の前で両手の指を組むと円陣から炎が消え、金色の光だけが残る。

それは、彼女の胸から消えた竜印の形をしていた。

「淡き光よ、優しく照らし。静かに闇を払い、安らぎの夜を与えたまえ――」

柔らかな詠唱が紡がれると、竜印に雪の結晶を模ったものが重なった。

眩《まばゆ》い光を放つそれは――、

「古代魔術？」

確証はなかった。上位種族のルトガーでも、古代魔術の解読は困難。あんなものを易々《やすやす》と理解できるのは竜族くらいのものだ。

それでも本能で古代魔術だと感じられたのは、ミレーユの発する術がこの世界にある魔力とはまったく異なる質量を持っていたからだ。

（なんだこれは……。魔力ではない……なんの力だ？）

焦りは募る。だが、彼女に人を攻撃するような度胸はないはず。

「た、たとえ竜印が失われていなかったとしても、この場を切り抜ける術を、君は持たないだろう。攻撃になり得る術も、石がなければ使用できないことは知っている」

「……石ならば、あるではありませんか」

「?」

捕らえた際、宝石の類はすべて没収している。

しかし彼女は、どこか悲しげな面持ちで、両手を広げた。

「ここに。これほど大きな石が」

「なに?」

まさか石碑のことを言っているのか。ならば近寄らせぬようにするだけだと思考を巡らせたルトガーが目にしたのは、床と天井からまるで生えるように飛び出た氷だった。

よもや塔の巨大な水晶石を媒体に、術を発動して氷を生み出すなど思ってもいなかった。

「バカな……」

(いままで彼女が使用してきた石は、すべて手のひらに乗る程度のものだったはずだ!)

だが、現に氷は後ろに控えていた兵を一人残らずのみこみ、厚く覆われた氷塊の中に閉じ込めてしまった。白く染まった氷は、外からでは兵たちの生死すら確認できない。

「……驚いたな。君はこういうことはできない質《たち》だと思っていた」

赤竜王の花嫁が争いごとを好まないことは、事前の調査で知り得ていた。

平和主義者で温厚篤実。

下位種族としての己の無知を理解しているからこそ、けっしてでしゃばることをしない娘。

そんな娘だからこそ、今回の計画に使える相手だと思った。

「さすがに己の危機には氷漬けもやむ無しと考えたか」

これに、ミレーユはゆっくりと頭《かぶり》を振って否定した。

「いいえ。表面は氷に見えますが、中は繭です」

「……繭？」

「貴方方にいま必要なのは、安らぎと深い眠りです」

ここにきて、ルトガーはひどく脅《おび》えた。

赤竜王を敵にしてでもミレーユを捕らえ、平然としていた心に恐怖がおりる。

「眠りなど、そんなものっ、私には必要ない！」

眠れば、夢を見る。

一人のうのうと助かったルトガーを怨《うら》む声が聞こえる。

戦いの中で、首をはねられた戦友の屍が。

何万という死者の嘆きの姿が。

慄然とするルトガーの足元に、氷に似たそれが飛び出る。

見た目とは違う、温かく柔らかな感触。ハッとしたときには、身体全体を包み込んでいた。

「シルビオ様も、亡くなられた誰一人、貴方を怨んでなどおりません。幻影がつくりだした亡霊に怯《おび》えず。どうか、ひと時だけでも、安らかな時間を――――」

✿✿✿

「――ッ」


過度な力を使用したことで、ミレーユの身体はすでに限界に達していた。

ルトガーたちに施した術は、仮死の術を応用したもの。

水晶石を利用したことで、第三者の妨害を受けることのない固い守りとなり、中の柔らかな繭は身体を包み込み、深い眠りに誘う。

いままで自身にしか使用できなかった仮死の術だが、胸元から流れ込む膨大な力が、それを可能とし、やり方は直感で分かった。

けれど、その代償は決して少なくない。

（ダメ……この身体では、これ以上力の放出に耐えられない……っ）

目が回り、立っているのがやっとの状態。気を抜けば朧《おぼろ》になる意識を叱咤《しった》し、遠くの音に耳をやった。聞こえてくるのは、風を切る馬の脚。鷹族の援兵が来たのだ。

（速い……。もうここまで来ている。でも、もう術は使えない……）

ふらつく間にも、最高階へと駆けあがってきた兵は軽く見積もっても数十人。下にはもっと数多くの兵がいるだろう。

彼らもこの現状をすぐには把握できずにいたが、氷柱のように立つ異様な塊の数がルトガーと連れて行った兵の数に合致したことで、憤怒の形相で臨戦態勢をとる。

（なんとかこの場を切り抜けて、カイン様の元へ帰らないと……！）

いまここで気を失えば、そのチャンスを永遠に失うかもしれない。

その時だ――。

雨雲が空を覆い、大地に怒りの鉄槌《てっつい》を落とすような雷が鳴り響いた。

異様なまでの天候に、鷹族の兵も空を見上げる。

本能で分かるのだ。ひどく恐ろしいものが、近づいて来る気配が。

果たしてそれは現実となり。

厚い雲によって太陽の光を失った暗闇に、大きな稲妻が落ちた瞬間、塔を覆う赤黒い鱗《うろこ》が目に映る。

「カインさ、ま……？」

その姿を見ただけで、安堵《あんど》に肩の力が抜けた。

初めて見たはずの元始体の姿がなぜかひどく懐かしく思え、気づけばミレーユの頬には一筋の涙が零れていた。

✿✿✿

「せっ、赤竜王の、元始体だ！」

上位種族の鷹族と言えど、竜王の元始体の姿に耐えられる者は少ない。

恐怖におののく彼らに構うことなく、巨体は塔をぐるりと旋回した。

そして、大きな瞳がミレーユを捉えると、そのまま柱を破壊しながら入り込み、バキバキという、水晶石の柱が破壊される轟音《ごうおん》を響かした。

竜の巨体がミレーユの背後に回り、敵を威嚇するように一声上げる。それだけで何人もの兵が倒れていった。

赤竜の怒り狂った元始体は、まさにこの世の終わりを表しているかのようで、ルトガーという統率者のいない群れにはあまりに強大な存在だった。

兵のほぼ全員が倒れると同時に元始体を解いたカインは、ふっと崩れ落ちるミレーユの身体を抱き留めた。

「ミレーユ！」

「……ミレーユ？」

ふだん薄紅に染まっている頬が白く染まり、温かい指の温度は消えていた。

――最愛の人は息をしていなかったのだ。

腕の中でぐったりと倒れ、垂れ下がる腕が青白く光る姿に、カインの思考は一瞬停止した。

しかし、次の瞬間、強烈な衝撃が身体をバラバラに切り裂くように走る。

「ッ!!」

衝動のままに世界のすべてを焼き尽くし、草一つ生えぬほどに再起不能にしてしまいたくなるような怒り。

そんな燃え盛る怒りの炎を発しようとしたカインの耳に、この場にそぐわない陽気な声が届く。

「寝ているだけですよ」

「——は？」

「だから、姫さま寝ているだけですって」

いつの間にそこにいたのか。

腕に抱きかかえるミレーユの顔を覗《のぞ》き込むルルの姿に、カインはしばし硬直した。

「え、……寝てる？」

「はい、寝ているだけですよ。姫さまの術です。前、お聞きしたんじゃないんですか？」

「……あっ」

虚空を見上げ、いつかの話を思い出す。

もう一度ミレーユの様子をじっくりと、落ち着いて窺う。

やはり呼吸はしておらず、体温は消え、脈もない。

「いや、完全に事切れているようにしか見えないんだが!?」

自分で言って絶望のあまり吐きそうになるが、ルルは胡乱《うろん》な視線を向け「なんで分からないんですか？」とばかりに眉間に皺《しわ》を寄せた。地味に傷つく。

「そもそも、ルルはどうやってここに？」

「ふぇ？　ゼルギス様に連れてきてもらいましたけど」

「ルル、殺気立ったカイン様に近づいてはいけません！」

塔から少し離れた空中に、翼をきって必死にこちらに向かってくるゼルギスの姿が見える。

「……ゼルギスは上にいるようだが？」

「さきにぴょんと飛び降りて、走ってきちゃいました」

「………」

普通のことのように言っているが、あのゼルギスを出し抜いてここにいることがまず普通ではない。

「いや、まずはミレーユのことだ。本当に寝ているだけなのか?!」

「うーん、宵五つくらいまでは起きないですね、これ」

「見ただけでどうして分かるんだ!?」

それは日ごろからミレーユと接していれば分かることなのか、それともルルの能力なのか。神の種族と言われているカインでも理解が及ばなかった。

「だが、そうか。仮死の術か……」

これが仮死の術ならば、ミレーユは気絶する瞬間、無意識に術を展開したことになる。逆に言えば、それほどの消耗があったということだ。

「腹立たしい……！」

ミレーユが無事であったことに、なんとか怒りを収めようとしたが、すべてとはいかない。

彼女を誘拐したことも、仮死の術を展開しなければならないほど力を失わさせたことも、すべてがカインの逆鱗《げきりん》に触れた。

ワナワナと怒りを抑えきれないカインの袖を、ルルは「竜王さま、竜王さま」と呼びながら引っ張る。

「姫さま、口にはしないですけど」

「ん？」

「本当は、すぐにイライラして暴力的になる人のこと苦手なんです。竜王さまもあんまり怒ってイライラしていると、姫さまに嫌われちゃいますよ」

「――ッ!?」

下から覗き込みながらニコッと笑って言うルルの言葉に、頭から冷や水を被せられたかのように全身の血が凍る。

「き、嫌われる……？」

「婚儀をあげる前に嫌われたら、結婚できなくなっちゃいますね！」

あっけらかんと無邪気に言われ、カインはゆっくりと左右を見渡した。

塔は崩壊一歩手前ではあるものの崩れることなく、ミレーユがかけた仮死の術が失った柱の代わりに建物を支えていた。

鷹族の兵たちは威圧に当てられて気絶しているものの、死傷者はなし。

一通り現状を把握したカインは、ミレーユを両手に抱きかかえたまま、

「——よし、まだセーフだな！」

そう、ぬけぬけと宣《のたま》った。

✿✿✿

それは、目が覚めたというより解けたという感覚。

ミレーユは覚醒と共に、自身が仮死の術を無意識に展開していたことに気づき、跳ね起きるように上半身をあげた。

「っ、……——私の部屋？」

見慣れた天蓋付きベッド。そのベッドの端には、顎を乗せて寝入っているルルと、だらりと足を伸ばしてベッドの端から落ちそうになっているけだまの姿があった。

「ルルっ、よかった……！　無事だったのね！」

夢の中でなにか食べているのか、もぐもぐと口を動かしているルルを見るに、とくに大きな怪我《けが》などはないようだ。

いつもと変わらぬ穏やかな光景に目を滲ませていると、隣の部屋で待機していたナイルが駆け込んできた。

「ミレーユ様、お目覚めになられましたか……っ」

彼女の鮮やかな青の瞳がいつもよりくすんで見え、どれほど心労をかけさせたのかがよくわかった。

「申し訳ありません、ナイルさん。ご心配をおかけしました」

安心させるためにほほ笑んでみせると、ナイルは安堵の息を漏らした。

よく見れば、砂漠の埃《ほこり》で汚れていた衣装は着せ替えられ、ルトガーによって奪われていた宝石も身に着けていた。

「あの……、私はカイン様に助けていただいたのでしょうか？　気を失う前にお姿を目にした気がするのですが」

ミレーユの質問に、ナイルは一瞬だけ言い淀む様子を見せたが、すぐに話してくれた。

「はい。……さきほどまでいらっしゃいましたが、ルトガー・イーグルの仮死の術が解けたと聞き、いまはそちらに」

「!!」

聞いた瞬間、ミレーユはナイルが止める間もなくベッドを下り、駆け出していた。


「カイン様！」

扉の前で待機していた竜兵の制止もそのままに大広間に飛び込めば、玉座の前に立つカインと、その数段下で屈するように膝をつくルトガーが目に入った。

室内に漂うカインの威圧は、明確な殺意を放っており、その濃さは耐性のあるミレーユですらたじろぐほどだった。

突如現れたミレーユに、カインは瞬時に威圧を封じ、ほっとしたような表情を浮かべた。

「よかった、術が解けたんだな。身体に不調はないか？　ローラは心配ないといっていたが……」

「はい、ご心配には及びません」

自身の無事を示すように玉座へと進み、その際そっと横目でルトガーの様子を窺った。

顔を隠す頭飾りがないルトガーの目つきは柔らかく、短くとも深い眠りを得たことで肌は血色を取り戻していた。いまの彼は憂いのない実直な青年に見える。

「そうか。なら、悪いがいまは部屋に戻っていてくれ。私はこの男に処罰を与えなければならない」

「カイン様っ、ルトガー様は失った民への贖罪《しょくざい》から、長年眠れぬ日を過ごされ心を疲弊し、このような行動をとられただけです！　私自身、かすり傷一つおっておりません！」

「どんな理由であれ、ミレーユを連れ去っていい理由にはならない。竜王の花嫁に手を出せばどうなるか。南の大陸では、子供でも理解していることだ。それを分かっていながら、この男は君を攫《さら》ったんだぞ」

カインの紅蓮《ぐれん》の瞳がスッと細められ、怒りの炎が燃え上がる。

「私はこいつを絶対に許さない。一族共々、許す気は一切ない！」

逡巡《しゅんじゅん》することさえなかった。

ミレーユがルトガーの酌量を求めることを、最初から予期していたのかもしれない。

心配性の彼がミレーユの目覚めを待たずに席を立ったのも、その前にルトガーを粛清しようとしていたのだと気づく。

カインの怒りの強さを感じながらも、それでもミレーユは言葉を重ねた。

「攫ったとおっしゃいますが、結果的に行くと判断したのは私です」

「それはルルの安全を思っての事だろう」

「いいえ、理由はルルのことだけではありません。私は、ルトガー様の目を見たときに思い出したのです。十年前、日常的に見ていたものとよく似ていると――」

暗く、淀んだ瞳。

それは、十年前の民と同じ瞳の色をしていた。

飢餓に怯え、未来に希望が持てない諦め。

嘆きと苦しみ、怒りが混ざり合う、悲しい色。

どうすることもできない現実が、少しずつ忍び寄る恐怖。

皆、そんな瞳をしていた。

だからだろう。ルトガーの瞳が、何かを失った経験があるからこその、心の闇を反映しているものだと気づけたのは。

深い悲しみに支配されている彼を放っておけなかった。

「大切なものを失って、それでも生きていかなければならない。……それは時に、とても辛いものです」

もしもミレーユが、飢餓でルルを失っていたら、その悲しみは計り知れない。

我が身の無力を嘆き、世界を憎んだだろう。

「私は十年前、カイン様のお陰で救われました。ですが、自分が失わずにすんだからといって、失った方の苦しみを切って捨てることはできません。それに――」

ミレーユはルトガーの前に立つと、そっとしゃがみ込み、彼の黒青の瞳を見据えた。

「竜王を敵にするという一番危険な手段を講じずとも、手段はいくらでもあったはずです。私を利用し、熊族に刃を向けさせることも。でも、そうはされなかった。あの場所を選んだのも、知ってほしかったのではないですか？　貴方方の悲しみを。苦しみを」

「――ッ」

ミレーユの言葉にルトガーは僅かに瞠目した。

同族同士で慰め合うことにも限界がある。

ましてや彼の身分では、心を預け、苦しみを吐露し、本音を語れる相手は少ない。

唯一心を許せる友は、すでに戦火で失っている。

自責の念に絡めとられ、心の葛藤から逃れるためにミレーユに矛先を向ける。

そんなことでしか、自我を保つことができなかった――。

「絶望の淵《ふち》に立ち、私を憎むことでルトガー様が今日まで来られたというのなら、それは生きるために必要なことだったのでしょう」

ルトガーは視線から逃れるように伏せていた目をあげ、驚いたような表情でミレーユを見つめた。

引き結んだ薄い唇が、なにかを発しようとしたが、それよりも先に冷たい言葉が落ちる。

「その矛先がミレーユである必要はない！」

どれほど言葉を重ねてもカインの表情に変化はなく、怒りを収めることのない目をしていた。

エミリアやその夫であるヨルムの行いに憤慨していたときですら、ミレーユの懇願にはもっと耳を傾けてくれていた。けれど、いまの彼にはすべての声がすり抜けているように感じられた。

（それでも怯むわけにはいかない。ここで諦めれば、ルトガー様の命も、鷹族の民の命も危うい）

そんなミレーユの想いを察するかのように、カインの眉が顰《ひそ》められる。

いつもなら身をかがめ、こちらの目線に合わせて話しかけてくれる彼が、見下ろすように言葉を続けた。

「ミレーユ、君がどれほど願おうが、この男の助命だけは叶えてやれない。たとえこのさき邪竜として歴史に名が刻まれようと、私の花嫁を害そうとした者を許すことはできない」

邪竜という言葉が、ミレーユの胸に突き刺さる。

「君が望むなら、世界だってくれてやる。だが、この男を許すことだけは絶対にない！」

灼熱《しやくねつ》を吐き出すかのような咆哮《ほうこう》だった。背筋がぞっと凍るほどの威圧の中で、ミレーユは汗に滑る拳を握り締め、カインを見上げて問いかけた。

「………私が望めば、カイン様はこの世界すら私にくださるというのですか？」

思い出すのは初対面のときにルトガーが放った言葉。

彼は、もしも花嫁が世界のすべてを我がものにと願えば、竜王は直ちにそれを実行すると。花嫁のためならば世界を滅ぼすことすら厭《いと》わないと、そう言った。

「ああ、竜約を交わしてもかまわない」

あのときのルトガーの言葉が真実であったように、カインは難なく頷《うなず》いた。

「そうですか……ならばいただきましょう。世界のすべてを――」

「?!」

まさかミレーユが本当に世界など望むとは思っていなかったカインは、一瞬呆《ほう》けた顔をしたが、二人の宣言が嘘偽りでないことを証明するとばかりに、カインの右手の甲とミレーユの胸元が七色の光を発した。

――新たな形で、竜約が結ばれたのだ。

竜約を交わしてもいいと口にしたのは確かにカインだったが、婚姻以外で竜約が使われることなどほぼ皆無。

しかも、最初の竜約は生きているのだ。

これにまた別の竜約を重ねるのは術を二重にするということになる。

魔力は重ねることはできず、強いものに打ち消されるもの。

だというのに、なぜ可能となったのか。

訝しがるカインの一方で、ミレーユはやはり竜印を視認することはできなかったが、自身の胸元が熱く光ったことだけは分かった。

十年前に七色の少年と交わしたさいに感じた、あの熱を。

「なぜ？……いや、好都合か」

術が重なり合ったことには驚いたが、証明できるものがあるのなら、それに越したことはない。

「約束は守ろう。代わりに、この男の処遇は私に決めさせてもらう」

「……はい」

掠《かす》れた声で答え、小さく頷く。

ミレーユの了承を得たカインは、ルトガーの元へ足を進めた。

しかし、すぐさま立ち塞がるようにミレーユは両手を広げると、行く手を阻んだ。

「ミレーユ？」

「ルトガー様の行いに対し、お許しがいただけないことは承知いたしました。ですが、この世界が私のものになったというのならば、ルトガー様は私の民になったということになります」

「――――ん？」

「ならば私は王として、民を守らねばなりません。竜王に背いた罪も、王たる私の罪です。――罰はいかようにもお受けいたしましょう」

ドレスの裾を持ち上げ深々と頭を下げるミレーユの恭しい礼に、カインはギョッとした。

「ちょ、ちょっと待ってくれ……！」

慌ててミレーユの両肩に手を置くが、迷いのない黒曜石の瞳は瞬きもせず、背筋を真《ま》っ直《す》ぐに伸ばしてカインを見つめた。

「世界という、身の丈に合わぬ望みを欲したのです。代償は承知の上です」

この状況に絶句したのはカインだけではなかった。床に膝をついていたルトガーも立ち上がり、声をあげる。

「花嫁殿っ、貴女にそこまでしていただく義理はない。今回のことは私の愚行が招いたことだ！」

すでに死は覚悟しており、民の助命嘆願だけは申し出るつもりだったと言うルトガーに、ミレーユは口調を強めた。

「それでは新たな遺恨を生み出すだけです。ルトガー様を失った国民の気持ちはどうなります」

「その国民を窮地に立たせてしまったのは私です……」

「兵は皆、ルトガー様の身を案じております。竜王に背く行為と知りながらも、それでも手を貸されたのは命令されたからではなく、彼らに慕う心があったからです。貴方は、これから残りの人生を、彼らに報いるために使うべきです」

たとえ下位種族であろうと、齧歯族の王女として、使い物にならぬ王を支えてきたミレーユの言葉はルトガーにも刺さったのか、迷うように黒青の瞳が揺れ動く。

そんなやり取りの横で、カインは肝を冷やしていた。

ミレーユは、カインの愛に縋《すが》るような甘い考えは持っていない。

もしもそれが極刑だとしても、自分の罪だと思えば受け入れるだろう。

「……では聞くが、極刑以外で、その男と共にどうやって罪を洗うというんだ？」

少しいじわるな問いかけに、ミレーユは口元に手を当てながら、熟考する仕草を見せた。

本気で思考を巡らせている彼女に、カインは嫌な予感を覚えた。

僅かな時間、ざっと考えをまとめたのか、ミレーユが口を開く。

「私は鷹族の国力や種族性についての知識はほぼ無知ですが、すぐに習得いたします。それをもって、どうやってお返しできるか。ドレイク国の歴史とすり合わせ、十分にルトガー様と話し合って——」

「ぜっったいにダメだっっ!!」

二人で話し合いなど、だれが許せるものか。

しかも、すぐに習得するの『すぐ』が、不眠不休を意味していることは一目瞭然。

ただの時間稼ぎではなく、即日実行するだろうミレーユを容易に想像できる。

腹をくくったミレーユの決意は、誰にも止められない。カインはしばし苦悩したのち、やがて諦めたように口を開いた。

「わ、分かった……。今回だけは不問にしよう。——だが、次はない！　次は有無を言わさず焼き払うからな！」

宣言すると、カインはルトガーの顔も見たくないとばかりに竜兵に鷹族に送り返すように指示を出した。しばらく国から出るなと付け加えることも忘れずに。

竜王の花嫁を害そうとした罪としては、かなり軽い采配だった。

「……寛大なご処置、感謝いたします」

ルトガーはもう一度膝をつき、深く頭を下げると、そのままの体勢でミレーユに問いかけた。

「花嫁殿、どうしても一つだけお聴きしたい。貴女はなぜシルビオの名を知っていたのですか？」

「なぜかと問われると、私もうまくお答えすることができません。ただ、床に手をついた瞬間、まるで水晶石が語り掛けるように訴えてきたのです」

それは英雄たちの魂だったのか。

我が王を救ってほしいと願う声が響き、塔に残る記憶のようなものが頭の中を駆け巡った。

「自分でも不思議だと思います。私はどうやら石に縁があるようで……」

うまく答えられない申し訳なさから、ミレーユは困ったようにほほ笑む。

すると、彼はミレーユに歩み寄ると、にわかに跪《ひざまず》き。

「受けた恩義は必ずお返ししましょう。──我が、新たなる王に祝福と忠誠を」

ルトガーは言葉と共にミレーユの右手を手に取ると、その甲に唇を落とした。彼なりの誠意のあらわれだったのだろうが、もちろんカインが黙っているわけもない。

瞬時に怒号が響き、一筋の火炎がルトガーの目の前を走る。

「ミレーユに触るなっ、近づくなっ、見るなっ！」

なんだか子供のような威嚇だが、持っている力はそんな可愛《かわい》いものではない。

磨きあげられた白大理石の床には大きな亀裂。この石は、魔石の力で強化された特殊なもののはずだというのに、見るも無残な傷となってしまった。

「カ、カイン様……」

本気で当てるつもりのない牽制《けんせい》の攻撃だったとしても、被害額が大きすぎる。

しばし呆然《ぼうぜん》とするミレーユとは裏腹に、こういうことには慣れ切った竜兵たちが何事もなかったかのように無言でルトガーを連れていく。

ルトガーを見送ると、ミレーユはカインの方へと振り返り、小さく頭を下げた。

「だまし討ちのような約束を取り付けてしまい、申し訳ありません」

「いや、叶えると言ったのは私だ。……ミレーユの不屈の精神を忘れていた」

そう言いつつも、やはりルトガーを許すことはよほど嫌だったようで、「あぁああ」と、頭を抱えて呻く。

しかし、その声もすぐに止まり、顔にかかる金色の髪越しにミレーユを見つめ、小さく問いかけてきた。

「……嫌気がさしたか？」

「？」

どういう意味か分からず、ミレーユは首を傾《かし》げた。

「私があの男を火の海に沈めたかったのは、ミレーユを連れ去ったことだけが原因ではない。……初代竜王の、花嫁に対する非道な行いを君に話したと聞いて、我を失った」

「それほど隠しておきたかったということですか？」

「当然だ！　初代竜王は竜族にとって神にも等しい存在だが、彼が犯した蛮行だけは理解できない。口にすることすら、一族の中では禁忌とされている」

南の大陸でも知っているのは一部の王族のみ。口にすれば待つのは死。

どれだけ機密であったかが窺い知れ、ミレーユは小さく吐息をもらす。

「真実を知り。同じ竜王の血を継ぐ私に対し、ミレーユが恐怖心を抱くのではないかと……ミレーユ？」

「カイン様も、初代竜王様が花嫁様の命を奪ったと思われていらっしゃるのですね」

「思われているというか、歴史上の事実なのだが」

「そうでしょうか。私はまったく腑《ふ》に落ちませんし、信じられません」

ふだん異論をとなえることの少ないミレーユに強く否定され、カインの方が戸惑った。

今まで初代竜王の凶行に対し、事実無根だと主張した者は一人もいない。

だがミレーユは一切引かず問う。

「そのお話は、本当に真実性の高いものなのですか？　どのような記述で残されていらっしゃるのでしょう？」

「記述……いや、口伝《くでん》だが」

伝えた途端、ミレーユの眉間に皺が寄った。

「遥《はる》か昔の出来事を、口伝だけで……」

情報の信憑性《しんぴょうせい》が曖昧になる口伝。

しかも、竜族の性格では伝達にも齟齬《そご》が生じている可能性が高い。ミレーユの表情は言葉にせずともそう語っていた。

「初代竜王様は花嫁様に手をかけるような行いはされていらっしゃいませんし、ありもしない事実を前に、私がカイン様に対して恐怖心を持つこともございません」

「え……そ、そうか？」

なぜかカインの方が気圧《けお》されて、幼いころから嫌というほどに教え込まされた禁忌さえ、誤りだっただろうかという気にさえなってくるから不思議だ。

「たとえどれほど多くの枢密があろうとも、それを理由にカイン様を遠ざけることなどございません。ですから、どうか私にも教えていただきたいのです。カイン様が私との結婚のために無理をなさって竜王の儀式に挑まれていたことも、竜印の力のことも。隠すことなくお話しして欲しかった」

「…………」

「私に話すだけの価値がなかったと言われれば、返す言葉もございませんが」

「そんなつもりは毛頭ない！　ただ、どちらも私にとっては些細《ささい》なことで、ミレーユが気に病むようなことではないんだ！」

「……カイン様、私が婚儀を終え、無事に竜族の皆様方と同じ強靱《きょうじん》な肉体を持ち得れば、長時間の針仕事をお許しいただけますか？」

突然の質問に、カインは訝しがりながらも首を振った。

「それは許可できない。ナイルも許さないと思うぞ」

「私にとって針仕事は些細な作業であり、日常茶飯のこと。気にされることではありません」

「いや、だが……」

「それとも、私が下位種族だから不安を抱かせるのでしょうか？」

「下位種族だからではない、ミレーユだから心配なんだ！」

カインにとってミレーユは庇護《ひご》すべき者。

どれほど自分と同じ能力と肉体を持ったとしても、守るべき存在であることに変わりはない。

あらゆる敵から守り、あらゆる害から遠ざける。

それは魂に刻まれた本能に近い。

「それは私も同じです。カイン様が素晴らしいお力を持つ竜王であろうと、どれほど敵のいない存在であろうと関係ありません。大切な方だからこそ、その身を案じるのです」

想いは同じだからこその痛心を口にされれば、カインもしばし考え込む。

「――分かった。これからはちゃんとミレーユに伝えよう。だが、竜印の攻撃を黙っていたことは、私の身勝手な欲心が理由なんだ。婚儀までは触れてはいけないと分かっていても、どうしてもミレーユに触れたかった……！」

そう言って、カインはグッと右手の拳を握り締め、語気を荒らげる。

しかしすぐにその右手を緩め、

「それにしても解せない。なぜ竜印は消えたんだ？　いや、厳密には消えてはいなかったが……」

不思議そうな瞳で自身の右手の甲を見つめると、おもむろにその手を、ミレーユへと伸ばした。

竜印の力によって爛《ただ》れてしまったカインの腕を思い出したミレーユは一瞬身構えたようだが、手と手が重なっても、なにも起こらなかった。

ミレーユの温かなぬくもりだけが感じられることに、カインは首を捻《ひね》った。

「これはどういう原理なんだ？　竜印が攻撃をしてこないとは」

竜印がまるで『まて』を覚えさせられたかのように、じっと堪《こら》えている。だが本来、竜印にそんなことはできない。

「竜印に止めてくださいと、お願いしたからでしょうか」

「あのときのあれは、竜印に言っていたのか？」

「は、はい」

恥ずかしそうに答えれば、カインは目を丸くして驚き、そして笑った。

「ミレーユは、やはり不思議だな。竜王の儀式は、力の継承だけが主ではなく、莫大《ばくだい》な知識を脳に刻み込まされるが、ミレーユの持つものはそれらのどれにも当たらない。ミレーユと話していると、自分の価値観が覆されることが多い……。はじめて出会ったときもそうだった」

十年前に出会った小さな女の子は、必死に国の未来を築こうとしていた。

ドレイク国の根幹は堅固。難しい国策を練る必要もない。

それゆえに、怠惰な父親よりは仕事をすればいい程度の認識しか持っていなかった。

ミレーユはそんなカインの心を変えてくれた。

だからこそ、自分とは違うものを持つ少女の心が砕けぬよう、守ってあげたいと強く願った。

カインはミレーユの両手を自身の両手で包み込むと、いまは怒りの欠片《かけら》もない紅蓮の瞳を向け、ほんの少し引き寄せた。

「他種族からすれば、うちの一族が異質な自覚はある。その一族に嫁ぐことがどれだけ重荷かも。それでも、私は君と結婚したい。このさきの未来を君と紡ぎたい。――――どうか、私と結婚して欲しい」

それは三度目の求婚だった。

今回の騒動で、思うところがあったのかもしれない。

いまいちどハッキリと言葉をくれる彼に、ミレーユも強く頷いた。

「もちろんです。この先の未来をカイン様と紡ぐことをお約束いたしましょう」

「――ッ」

告げるなり身体を引き寄せられ、強く抱きしめられる。微かに手が震えているように感じたのは、きっと思い違いではないだろう。

じんわりと、カインの体温が溶け込むような心地に、ミレーユは目を閉じた。

そんな穏やかな空気が流れたのも束の間《つかのま》――。

カインはミレーユを抱き留めたまま扉の方へと目をやると、なぜか「ナイル！」と声をあげた。

（え⁉　ナイルさん？）

なぜこのタイミングでナイルの名を呼ぶのか。

あっけに取られていると、すぐさま扉が開け放たれ。

そこにはナイルを含む七人の女官たちの姿があった。

（せ、せめて抱きしめている腕を放してから呼んでいただけないでしょうか‼）

まさか待機しているとは思っていなかったミレーユが羞恥と驚きにカインの腕の中でのけ反っていると、そのナイルたちの後ろに数えきれない女官の整列が見え、今度こそ思考が停止した。

数にして数百人はいるだろうか。

ドレイク国を訪れてから、これほど女官が勢ぞろいしているなど初めてで、その多さに驚く。

（でも、なぜいまここにこれほどの女官の皆様が？）

呆然とするミレーユをよそに、カインはナイルに向かって叫んだ。

「ミレーユからの再度の了承は得た！　いますぐに婚儀の準備に取り掛かれ！」

「御意に。準備は万全です」

「？？？」

心得たとばかりのナイルの返答に、ミレーユは目を白黒させた。

「えっと……いまから婚儀の準備をされるのですか？　もう夜も更ける時間ですし、明日の朝では遅いのでしょうか？」

率直な疑問。しかし返ってきたのは意外な答えだった。

「ミレーユ、あのバカ鳥が君を攫っていなければ、本来なら仮眠の後に伝えるはずだったんだが。──婚儀は夜半に執り行われる。子《ね》の刻の正刻の鐘と同時に」

「え……夜半？」

バッと後ろを振り返り、壁に掛けられた時計に目をやる。時刻はすでに宵五つを過ぎていた。

「！！？」

あまりに時間がなさすぎる。

一気に青ざめたミレーユは、恐る恐るカインに問いかけた。

「あの、今更なのですが、私はなぜほぼ当日にしか教えられないのでしょうか？」

「それは……ロベルトから助言を受けていて」

「お兄様が？」

「ロベルト曰《いわ》く、早く婚儀の内容をミレーユに伝えれば、戦慄のあまりしり込みするのではないかと」

それでもさすがに仮眠を取らせた後には説明する予定だったが、ルトガーに誘拐されたことですべての予定が狂ったらしい。

（だからお兄様、あのときあのようなお顔を……）

ロベルト本人も、まさかこんなギリギリまでミレーユに伝えられないとは思っていなかったのだろう。

「竜王の婚儀は、そのような戦慄を抱くほど恐ろしいものなのですか？」

「いや、普通だと思うが。ただ、ロベルトは婚儀の後に執り行われる火山噴火や海底爆発を懸念していたな」

「……いま、なんと仰いました？」

火山噴火？　海底爆発？

なにやら不穏な言葉の羅列を聞いた気がする。

「《天地開闢《かいびゃく》の儀式》と言うんだが、大したことはない。少し山を噴火させて、海底の水しぶきを浴びる程度だ」

「え……？」

意味が分かりかねる。

山の噴火を『少し』という副詞で表すことはおかしくないだろうか。

海底の水しぶきを浴びる程度とは、いったいどれほどの水量を言うのか。

想像を絶するあまり頭痛を覚え、ミレーユは痛む額に右手を添えた。

すると、その手をカインに摑《つか》まれ、懇願の眼差しを向けられる。

「ミレーユには本当にすまないと思うが、私はどうしても一年延期を我慢できない！」

「あ、あの、ち、ちょっとお待ちいただけますか……少々、混乱して……」

婚儀まで時間がないという切羽詰まった状況もさることながら、婚儀の後に執り行われるという火山噴火もろもろのことばかりが頭を占めて考えがまとまらない。

「カイン様、さすがにミレーユ様がお気の毒ですよ。もはや触れることすら竜印に邪魔されないのであれば、無理に婚儀を強行されるより、一年延期の方が得策では？」

慌てふためくミレーユをさすがに不憫《ふびん》に思ったのか、ナイルの横からするりと現れたゼルギスが助け舟を出してきた。後ろから、ルルがちょこんと顔を出しており、その頭には定位置とばかりにけだまが載っていた。

ゼルギスの進言に、カインは睨みつけるような視線を向けた。

「では逆に問うが、お前なら延期するか!?」

「ご冗談を」

ゼルギスは笑って返した。即答だった。
結局、議論はそこで終わった。
否、そんな時間はなかったという方が正しいだろう。

黄泉の間

そこから先は、本当に目まぐるしかった。

（こ、この慌ただしさと心の動揺……なにかしら、すごく既視感を覚えるのは）

考えて思い出した。そうだ。はじめてドレイク国へ訪れ、偽の花嫁としてウエディングドレスに袖を通したときも、こんな風に感情が慌ただしく動いていた。

（少し前までは、婚儀の支度は静粛な気持ちで挑むのだと思っていたけれど……！）

実際は台風の目の中にいて、周りをナイルたちがグルグルと走り回ってくれているという形だ。

遠くの源泉から引かれるエメラルドグリーンの湯あみを怒濤《どとう》の勢いですまし、美しい純白のドレスも、煌《きら》めく宝石の数々も、着けるというよりはこなすという表現がしっくりくるのはどうしてだろう。

そうやって仕上がったミレーユの花嫁姿は、ナイルたちの必死な仕事ぶりのお陰で、舞台裏の慌ただしさなど一切感じさせない出来となった。

カインの婚礼衣装はさきに見せてもらっていたが、自身のドレスを見るのはこれが初めてだ。

極上のシルク生地を使用したドレスは、見た目の豪華さに反してふわりと軽く。大きく広がるスカートには、横に流れるようなレースが縫い付けられている。

装飾も華やかで、連なる真珠が胸元を飾り、その中心にはひと際大きな虹石《こうせき》が輝いていた。

シャンデリアの光に反射し、キラキラと七色を放つ様はまるで夜空に輝く星々のよう。

ドレスの美しさに思わず見とれそうになるが、残念ながらゆっくりと鑑賞する時間もなく。

ミレーユが次に案内されたのは、ドレイク国では珍しい古い扉の前だった。

支度中、ナイルから受けた説明では、この扉の中に入り、花嫁に課せられた《追想の儀》を行わなければならないらしい。

（記憶の継承を目的としているとお聴きしたけれど、どのような儀式が執り行われるのかしら）

緊張のあまりゴクリと息を呑《の》んでいると、ナイルを筆頭に女官たちがずらりと列をなし、そろって頭《こうべ》を垂れる。

「ここより先は花嫁しか許されない領域となります。ご案内はエリアス様が」

ナイルの言葉に、柱の陰からエリアスが現れる。

相変わらず何度見ても凛々《りり》しい義母はドレスではなく、黒竜王の着衣していたものとよく似た黒の長衣に金刺繍《ししゅう》が施された衣装を身にまとっていた。

「せめてドレスを着ていただきたかったのですが……」

「私は基本的にドレスを好まない。有事のさい動きにくいからな」

歯ぎしりが聞こえてきそうなナイルの顰《しか》めっ面《つら》にも、エリアスは堂々と返す。

きっと衣装のことで口論をしている時間もなかったのだろうと推測しつつ、ミレーユはエリアスに導かれるように扉の前へと立った。

石を溶かして固めたような色合いの扉は、重そうな見た目にもかかわらず軽やかに開き、ほんの少し湿った風がミレーユの頬を撫《な》でていく。

目を凝らしても扉の奥は深い闇に包まれており、まったく先を見通すことができない。

（部屋というよりは、まるで洞窟だわ）

まじまじと部屋の様子を見つめていると、ナイルからランプを受け取ったエリアスが逡巡《しゅんじゅん》することなく扉の奥へと歩き出した。

ミレーユも迷わず中に入ると、同時に扉が閉まり、エリアスが持つランプの光だけが暗闇の中に浮かび上がる。

真っ暗な空間は静寂と暗闇に支配され、時の流れすら忘れさせる。

自分の身体《からだ》と闇の境界線が曖昧となり、溶けて消えてしまいそう。

その感覚に、ミレーユは不思議となじみ深さを感じていた。

（なんだか、仮死の術を施しているときとよく似ているのよね……）

キョロキョロと視線を動かすミレーユを心配してか、エリアスが振り返る。

「怖くないか？」

「え？　いえ、どちらかと言えば落ち着きます」

ミレーユの言葉に、エリアスは感心したように笑った。

「そうか、なかなか度胸があるな。私は強烈な不快感を覚えたものだ。ここは黄泉《よみ》の下――死人の通り道だからな」

「?!」

死人という言葉に驚き、ミレーユは思わず声をあげそうになった。

「ナイルはこの儀式を追想の儀と呼び、力の継承を目的としたものだと説明しただろうが、実際は違う。ああ、ナイルが嘘《うそ》をいっているというわけではないよ。竜族の奴《やつ》らは本当にそうだと信じているだけだ」

「竜族の皆様の認識と事実は違うということでしょうか？」

ミレーユの問いにエリアスは涼しい顔で頷《うなず》くと、話を続けた。

「初代花嫁が一度死んでいることはすでに聞いたんだろう？」

「は、はい……」

「実際、初代花嫁が本当に初代竜王の手によって殺されたのかは分からないが、彼女が一度死んでいることは事実だ。そしてそれが原因で、人間としての寿命しか生きることができなかったことも」

エリアスはそこで言葉を切ると、おもむろにランプを上げ、暗闇の中を照らした。

天井は思っていたよりも低く、ゴツゴツとした岩肌が見える。

ミレーユは最初、この部屋を洞窟のようだと思ったが、こうやって見ると違う。

（まるで大きな石の中にいるみたい……）

「この部屋は、初代竜王の悔恨の念でつくられたとされている《黄泉の間》だ。この中を抜けたとき、齧歯《げっし》族の君は死に、新たな生を受ける。竜族の花嫁として生まれ変わるんだ」

「生まれ、変わる……」

「竜族どもがこのことを知らないのは、歴代の花嫁たちが秘密にしてきたからだ。アイツらは初代竜王が初代花嫁を殺した過去に強い忌避感を持っているからな。たとえ身体をつくりかえるためとはいえ、花嫁が死ぬと聞けば冷静ではいられない」

確かに、もしカインが追想の儀の本当の意味を知れば、冷や汗を流しながら拒絶しそうだ。

「この黄泉の間は、竜族と同じ寿命を得るためには通らねばならない道だ。それを竜王自身に邪魔されてはかなわない」

しかし必要があるとはいえ、黄泉の世界を一人で渡らせるのも酷。

ならばと、力を継承するという名目で前任の花嫁が付き添い、その際に理由を明かすという形が出来上がったのだという。

「まぁ、嘘も方便というやつだな。この事実を知っているのは花嫁以外ではローラ一人だ。もしも、この黄泉の間で花嫁の身体に急激な異変が起こった場合、医竜官の彼女が対処することになっている」

「まぁ、ローラ様はご存じなのですね」

ウエディングドレスの支度中にあいさつに来てくれたローラの顔を思い出す。

『婚儀中にお疲れが出た際はすぐに仰《おつしや》ってくださいね。わたくしが全身全霊で拝診いたします』

彼女らしい気遣いをいつも通りに受け取っていたが、あの言葉には多少の危惧も含まれていたのだろう。

「ドレイク国というのは、始終そんな感じだ。この国の歴史はあまりに古く、言い伝えもその由来も疑わしいものが多い。その点では君も苦労するかもしれないな」

エリアスの言葉には呆《あき》れが滲《にじ》んでいたが、その表情は穏やかで、ミレーユは自身の憂心を相談するなら、いまがチャンスだと意気込んで口を開いた。

「あのっ……エリアス様っ」

だが、まずお義母様《かあさま》と呼ぶことが許されるのか分からず、つい名で窺《うかが》ってしまう。

しどろもどろに名を呼んでも、彼女は特段気にした風もなく。

「なんだ？」

「えっと、その……、あ、母国でのお探し物は見つかられたのですか？」

自分の聞きたいことをどう尋ねるべきか考えあぐねるあまり、当たり障りのないものがつい口を出てしまった。

黄泉の間で、そんなことを聴かれるとは思っていなかったのだろう。

エリアスは軽く目をまたたくと、ふっと笑ってポケットの中から何かを取り出した。

「ああ、見つかったよ。婚儀前に出払って悪かったね。これを取りに行っていたんだ。思っていた以上に探すのに手間取った」

そう言って、一つの箱をミレーユに手渡した。

「？　これは？」

暗がりではすぐに何か分からず首を傾《かし》げると、エリアスがランプをかざしてくれた。

箱の蓋を開き、中をのぞけば、そこには菫色《すみれいろ》の耳飾りが納められていた。

藤の花を模《かたど》り、ダイヤと淡水のパールが揺れる美しい意匠だ。

「うちの一族には、代々その家の家宝を母親から娘に贈る習わしがある。私にはカインしか子供がいない。その花嫁となる君に贈るのがふさわしいだろう」

「そのような大切な品を私が持つなど、虎族の方にとって不本意なのでは……」

「気にする必要はない。私の物を私がどうしようが私の自由だ。君も子が生まれたら同じようにたくして欲しい。こういうものは連綿と受け繋《つな》がれることに意味がある」

目を優しく細め、ほほ笑む彼女の瞳に、いまは亡き母の顔が浮かんだ。

その面影が、エリアスに重なる。

「……では、ありがたくちょうだいいたします」

「式が終わるまではポケットの中にでも入れておけ」

エリアスの言葉は、まるで母親が娘に教示してくれているかのようだ。

ミレーユは亡き母が生前たくさんの教えを施してくれたことを思い出し、目の下に薄《う》っすらと涙を滲ませた。

いまなら、自分の気持ちを話せる気がする。そういう雰囲気に、彼女がしてくれたから。

「幾つかお尋ねしてもよろしいでしょうか？」

「ああ、なんでもきけ」

エリアスの明朗な声は暗闇の中でもよく響き、陽《ひ》の下で会話をしている時となんら変わらない心地にさせてくれる。

快諾を受け、ミレーユは一つ深呼吸をすると、胸の内を吐露した。

「どうすれば、エリアス様のように広く世界を見る目が養われるのでしょうか？　私には欠けたものが多く、それはきっとカイン様のご負担に繋がるでしょう。現に、ルトガー様のこともそうです。カイン様のお怒りも袖にし、大それた願いを口にしてしまいました」

ルトガーを助けるためにはあれしか手段が考えられなかったとはいえ、世界を欲するなどいま思い出しても恐れ多い。

だが、どうしても鷹《たか》族からルトガーという王を奪うことも、過度な報復を行うことでカインが邪竜などと呼ばれる未来をつくることも絶対に阻止したかった。

「どれほどの理由があれど、世界のことなど何一つ理解していない私が下していい判断でなかったことは承知しております……。今後も私の至らなさが、カイン様の足を引っ張ることに繋がるのではないかと、私はそれが恐ろしいのです」

素直な気持ちをそのままに伝えれば、エリアスは一言だけ、「真面目だな」と呟《つぶや》いた。

「君は竜王の、しかも赤竜王の花嫁になるんだ。多少のことは大目に見られる。それこそ明日世界を亡《ほろ》ぼせと命令する権利すらある」

「そ、そんなことは望みたくありませんが……」

そもそもそんな権利は誰にもないのではないだろうかと心の端で思うが、そこはエリアス。たとえ話も壮大だ。

「君の竜印は特殊のようだが、カインを慕う心に偽りはない。偽らぬこと、謀《たばか》らぬこと、ただひたすらに竜王を愛し信じることが、何よりも花嫁に求められる資質だ。竜は大雑把でいて、その実約束を守らぬものを嫌う。初代竜王が人間を忌み嫌ったのも、すぐにコロコロと意見や考えを変えるところだったと聞く。その点、君には花嫁としての心得がある。それ以外のものなど、取るに足りないことだ」

彼女はそう言い切ったが、ミレーユはすぐには納得できなかった。

「エリアス様はオリヴェル様の代わりに公務をこなされていらっしゃったとお聴きしました。私もエリアス様のように、少しでもカイン様のご負担を支えられるだけの器量を磨くべきではないでしょうか」

生真面目に答えるミレーユに、エリアスがふっと笑った。

「それは買いかぶり過ぎだ。そもそも、私と君とでは立場が違いすぎる。私は押し掛けの花嫁だからな。私がオリヴェルと竜約を交わしていないことは知っているだろう？」

「はい。竜約の盾がなくとも、エリアス様はなんの支障もないほどに魔力に溢《あふ》れていらっしゃるからと」

「それはうちの一族が勝手に言い出したことだ。実際は違う。私が竜約を拒んだのは、拒否されることを恐れたからにすぎない」

そう言ってまた笑うが、それは彼女らしくない自嘲気味な笑みだった。

「竜約は互いが想《おも》い合っていないと成立しない。知っての通り、私は花嫁の地位が欲しかっただけだ。竜約を結べるはずがない」

「それは……エリアス様には、オリヴェル様へのお気持ちがなかったということでしょうか？」

「いや。ないのはオリヴェルの方だよ。あれは私に言われ、言われるがままに結婚したからな」

常に尊大な雰囲気を漂わせ、それがまたよく似合っている彼女の憂いを帯びた瞳がランプに照らされている。

「私はね、虎族の王になど大して興味はなかった。だが、幼いときにオリヴェルを一目見た瞬間に、どうしても彼の花嫁になりたいと強く願ったんだ」

そのためだけに王を目指した。

王女という立場だけでは、竜王との謁見は難しい。

エリアスは竜王の花嫁の地位が欲しかったのではなく、オリヴェルの花嫁になりたかったのだ。

「赤爪を手に入れたのも保険だよ。これは、初代竜王が唯一残したとされている国宝だ。竜族にとっては至宝中の至宝。奪われたままで済まされる品ではない」

エリアスは腰に差していた刀を片手で抜くと、どこか遠い目で刃先を見つめた。

「カインにとって、君は間違いなく唯一の番《つがい》だ。だが、オリヴェルと私は違う。世界のどこかに、彼の唯一の番がいるかもしれない。私は恐ろしかったよ。いつか本当の番が現れたとき、私はオリヴェルを諦めることができるだろうかと……」

闇の中で浮かぶ金色の瞳がかすかに揺れていた。

「本来、花嫁が政に口を出す必要などない。私がそれをしたのは、それしかオリヴェルにしてあげられることがなかったからだ」

微《かす》かに口元をあげ、ほほ笑む彼女はやはり美しかった。

男性にも女性にも見える、どちらの美しさも持ちえるエリアス。

（オリヴェル様がエリアス様を愛していらっしゃらないなんて、到底思えないわ）

思わず口をついて出そうになった言葉が喉から流れる前に、エリアスは赤爪を鞘《さや》に納めると、ミレーユの顔を見つめて言った。

「なるほど、君と話しているとどうやら口が軽くなるようだ。そういう雰囲気があるんだろうな」

カインが好きになるわけだと頷くと、真っすぐにミレーユを見つめた。

「私と同じである必要はない。君は君らしく進みなさい。過ちも正しさも貫かなければ分からないものだ。貫いてみなさい、その先の答えを知るために」

さきほどとは打って変わって、母親の口調で告げられる。

その眼差《まなざ》しには、もう一切の憂いは見られなかった。

「自身がまだまだ萌芽《ほうが》だというなら、ゆっくりと育てればいいだけだ。なに、時間はたくさんある。竜族の一生は長く退屈だ。やるべきことがある方が楽しいだろう」

「エリアス様……」

「心配することはない。私に教授できることはすべて教えよう。だから安心しなさい」

「は、はい！」

（カイン様のお言葉が優しい真綿なら、エリアス様の下さる助言は気を引き締めてくれる鞭《むち》だわ）

どちらにもあたたかな気遣いがあり、ミレーユは自然とほほ笑みを零《こぼ》していた。

永遠の誓い

「さぁ、もうすぐ闇を抜ける。身体《からだ》の具合はどうだ？」

「とくになにも変化はございません。……なさ過ぎて、拍子抜けしているのですが。これでいいのでしょうか？」

前を進むエリアスの言葉に、ミレーユは自身の身体を探るように手をあてるが、やはりまったく変わりはない。

「そうか……君はこの空間と相性がいいのかもしれないな。喜ぶべきことだ。あの子も首を長くして待っている。早く会ってあげなさい」

「はい、──お義母様《かあさま》」

自然と零《こぼ》れた呼び名に、エリアスがほほ笑むのが後ろ姿からも気配で分かった。

それから数歩足を進めたのち、エリアスが立ち止まり片手をあげる。すると扉が少しずつ開き、同時にほとばしる歓喜の声が鼓膜を震わせ、真夜中とは思えぬほど光に溢《あふ》れた光景が目の前に広がった。

「──え？」

頭上に煌《きら》めく星空と静かな月は、この地を訪れてから毎夜眺め見ていたもの。

けれど、今日はそれだけではなく、ふわりふわりと、たくさんの小さな熱気球が空を埋め尽くし、遠くで打ち上げられる花火と相まって、まるで光の渦のような光景を作り出していた。

通路の左右には白を基調とした花々が咲き乱れ、花からは優しい光が放たれている。

黄泉《よみ》の間と同じく夜の帳《とばり》が下り、闇に包まれていると思っていたミレーユは、その美しい光景にしばし目を奪われた。

「なんて美しい……」

舞う熱気球の色は七色。中でも赤色が多いのは、カインが赤竜だからだろうか。

神殿へと進む細長い直線の通路から下を見下ろせば、たくさんの観衆が笑顔で熱気球をあげている姿が見えた。

「私の案内はここで終わりだ。ここから先は、二人で行きなさい」

そう言ってエリアスが指し示す先には、大階段の下、婚礼衣装に身を包んだカインが待っていた。

身体のラインに完璧に沿って仕立てられた白の衣装は、金の装飾も相まって夜の中にあっても光り輝いて見え、思わず立ち姿だけでも見とれて呆《ほう》けそうになる。

カインはミレーユと視線が合うと、どこかほっとした安堵《あんど》を浮かべた。

本当に婚儀があげられるのか、最後まで不安だったのかもしれない。

もしかしたら、自分よりもずっと――。

しかしそんな安堵も、ミレーユの横に立つエリアスに視線が移ると、途端にムッとした顔へと変わる。

ナイルが言っていた、『どちらが花婿か分からない』という言葉を思い出してしまったようだ。

実際、黒竜王に似た衣装を纏《まと》ったエリアスは、とびきりの美男子にしか見えない。

「お前、婚儀を前に花嫁に見せる表情じゃないぞ」

エリアスの呆《あき》れたような言い様に、すぐさまカインは反論した。

「この顔は母上に向けているんですよ」

「この場で母親の方が気にかかるのか。そんなことでは先行きが不安だな」

「気にかけているのではなく、敵意を向けているんですよ！」

ミレーユは二人のやり取りを笑って聞きながら、カインの元へと足を進めた。

カインの前まで来ると、エリアスが思い出したように「あぁ、そうだった」と呟《つぶや》き。

「お前も花嫁を迎え、真に赤竜王として立つんだ。そろそろ赤爪を返そう」

エリアスは鞘《さや》ごと刀を抜き取ると、カインに投げてよこそうとした。

なんとも雑な母親の行動に、カインは眉根を寄せた。

「別にいりませんよ、そんなもの。差して歩くのも邪魔ですから、母上に差し上げます」

赤爪はエリアスにとって黒竜王と共にいるための因《よすが》だ。

カインの言葉にエリアスは一瞬表情に動揺を見せた。

「……そうか」

手放したくない感情を殺していたのだろう。

返還は不要と言われたことに、エリアスの凛々《りり》しい顔が、ほんのりと安堵をもらす少女のように見える。

母親の安堵には気づかず、カインは白い手袋を嵌《は》めた手をミレーユに伸ばす。

「行こう、ミレーユ」

「はい！」

手に手を重ね、長い階段を上がる。

ここに至るまで、心の葛藤は何度もあった。

けれど、いまのミレーユの胸中は心穏やかで、厳かな気持ちで階段の上に敷かれた白いベルベットの上を歩くことができた。

いまは仮式のときのような不安も、緊張も、恐怖もない。

あるのは、ただ幸福感。

まるで雪の上を歩いているような不思議な感触を感じ、ほんの一瞬頭がくらりとした。

(何かしら、この感覚……とても懐かしく感じる)

ふわりふわりと、まるで夢心地の気分。

一歩上がるごとにその感覚が強くなっていると、ふいにカインが階段の真ん中あたりで立ち止まり、一段下にいたミレーユを振り返った。

「どうかされました？」

じっと見つめられ、不思議に思い尋ねれば。

「いや……、ずっと夢見てきたことが叶《かな》うのだと思うと、これが夢じゃないんだと再確認したくなった。十年という月日は、竜族にとってはそう長い時間じゃないが、私にとってはとても長く感じられた」

「それだけ竜王の儀式が過酷な試練だったのですね……」

「いや、そうじゃない。ミレーユは、ルトガーの話を聞いて、竜王の儀式を恐ろしいものだと想像したのかもしれないが、私にとっては、あの時間すら幸福なものだったよ」

あの日、あの時、あの場所に降りて、唯一無二の存在と出会えた。

あの子が幸せにほほ笑んでくれるなら、どんな世界でも望むままにつくってあげたい。

この儀式がそのための一歩なら、膨大な魔力に身体を切り刻まれるような感触すら心地よかった。

語りながら、カインは一点の曇りもない笑みで、ミレーユを見据えて続けた。

「竜王の儀式で、あれほど幸福感に満たされた時間を過ごした竜王はきっと他にはいないだろう。私にとってあの十年は、ここへ通じるための時間だった。辛《つら》いわけがない」

その言葉に胸が詰まって、急いで唇を引き結ばなければ、涙が零れてしまいそうだった。

ミレーユは一瞬だけ下を向き、唇を噛《か》みしめてぐっと我慢すると、すぐに顔を上げた。

「では、私はカイン様が感じてくださった幸福感を偽りとせぬよう、費やしてくださったお時間以上のものを差し上げなくてはなりませんね」

悪戯《いたずら》っぽく笑って、繋《つな》いでいた手を強く握りしめると、カインも同じく優しく握り返してくれた。

二人でゆっくりと階段を上り終わると、左右に設けられた白い椅子の前で起立して待っていた数十人の列席者たちが一斉にこちらを振り返り、二人を拍手で出迎えてくれた。

左側は竜族の関係者席なのか、ゼルギスやナイルたちが、右側にはロベルトとエミリアがいた。

ルルは左側の、ゼルギスの横でニコニコと笑っており、なんだかすっかり竜族の一員のように見えた。

祭壇へ進むと、あることに気づく。

仮式のときとは違い、三段ほど高い壇上には聖職者がおらず、左右を見渡しても見つからない。

不思議に思いながらも、ミレーユはカインに倣って登壇した。

「祭司様はいらっしゃらないのですね」

「ああ、仮式のときは他の種族と同じような婚儀の形を取ったが、これが本来の竜族の婚儀になる。両手を出して」

「はい」

両手の手のひらを差し出せば、下から手を添えるように包み込まれ。

「このまま魔力を少し放出して」

言われるがままにすると、カインの魔力と交じり合い、両手の中にふわふわとした七色の光を放つ球が現れた。

それはほんのりと温かく。

まるで、優しい陽《ひ》の光をしゃぼん玉の中に閉じ込めたかのようだ。

「両手を離して、手のひらに残ったものを私の口に。ほら、十年前にミレーユがしてくれたように」

チュシャの実を分け合ったことを指しているのだと気づき、ミレーユは当時を思い出しながら、手のひらの七色の光をカインに与えた。

カインは真珠の大きさ程度のそれを難なく嚥下《えんげ》する。

続いて、ミレーユの番となり。口元に運びながら、カインはこんなことを言ってきた。

「そういえば、仮式のときは美しく成長したミレーユに戸惑って言えなかったが、あの時のドレスも、そのドレスもミレーユにとても似合っている。――すごく綺麗《きれい》だ」

「え？　あ、ありがとうございますっ」

賛辞に、顔を赤くして礼を返す。

（仮式で対面したときに驚かれていたのは、そういうことだったの？）

いまごろになって謎が解けるとは。

たくさんの話をして、少しは彼のことを知ったつもりになっていたが、実際はまだまだ分かっていないことや知らなかったことはたくさんあるのだろう。

でも、いまはそれでいいのだ。

少しずつ分かり合って、話し合って。

そうやって時を紡いでいけば。

きっと、

――だって、――様とも、そうやって過ごしたじゃない。

（私、いまなにを……？）

自分の中にはなかったはずの記憶が、そっと開く感覚。

ミレーユは訝《いぶか》しみながらも、口元に運ばれた七色の球をそっと飲み込んだ。味などしないものだと想像していたが、砂糖菓子に涙が一滴落とされたような甘さが口の中に広がる。

瞬間、頭の中で強い光が弾《はじ》け、膨大な量の情報が濁流のように流れ込んできた。

突然のことに、ミレーユはとっさに目をつぶる。

そして、静かに瞼《まぶた》を開くと――――目の前の情景が変わっていた。

至近距離で向き合っていたはずのカインの姿が消え、なぜか見知らぬ建物の中に立っていたのだ。

（こ……、これは、どういうこと？　カイン様はどちらに!?）

啞《あ》然《ぜん》としながらも周囲を見回し、視線を後方に流してぎょっとした。

長く延びた大理石の回廊。その端には、仰々しく腰を折り、頭《こうべ》を垂れる老若男女の人々がいたのだ。ざっと五十人はいる。

（本当に、どういう状況なの!?）

慌てふためくミレーユをよそに、コツコツという足音が回廊内に響き渡る。

現れた数人の集団。それは随身を伴い歩く、オリヴェルとゼルギスの姿だった。

見知った二人の登場にミレーユはほっとしたが、すぐさま何かがおかしいと気づいた。

距離が縮まっても、視線がまったく合わないのだ。

そして、二人はそのまま――――ミレーユの身体をすり抜けていった。

「えぇっ!?」

そこでやっと気づいた。自分の姿が彼らには見えておらず、その実体がないことに。

一つの可能性に思い至り、ミレーユはかすかに眉根を寄せた。

（もしかして……ここは……過去？）

二人の容姿は現在とまったく変わっていない。

だが、一つだけ決定的に違う点があった。

それは、オリヴェルの背後に漂う黒い靄《もや》だ。

靄の正体が、彼の密度の濃い魔力が無意識に身体から零れているものだと感じ取れたのは、この不思議な空間のせいなのだろうか。

オリヴェルの有する魔力がどれほど強大で、その圧に耐えるのにどれほどの自制心を必要とするか、いまのミレーユには手に取るように分かった。

（歴代の黒竜が、魔力総量の多さゆえに、邪竜へと落ちてしまった理由もいまなら頷《うなず》けるわ）

例にもれず、オリヴェルもすでにその片鱗《へんりん》が零れる魔力から垣間見《かいまみ》えていた。

――決壊は近い。

ミレーユはぞわりと肌が粟立《あわだ》つのを感じながら、オリヴェルの後ろ姿を見つめていると、ふと、彼の足が止まった。

その場所には、数人の少女たちと母親らしき女性がいた。他の者たちと同じく頭を下げながらも、衣装の豪華さから、彼女たちがそれなりの地位にある者だと見て取れた。

オリヴェルはその中の一人、煌めく黄金の髪を持つ少女に視線を落としていた。

すると、漂っていたはずの黒い靄がスッと溶け、同時に不穏さも掻《か》き消えた。

これにはオリヴェル自身も驚いたのか、目を瞬《しばた》いて小さく口を開いている。

しかし音として発せられる前に、ゼルギスの声が飛んだ。

「どうされました、兄上。行きますよ」

「…………うん」

ほんの少しだけ名残惜しそうに去っていくオリヴェルに、ミレーユは思わず「お待ちください！」と叫んだが、ミレーユの声が二人に届くことはなかった。

(私には、この時代に干渉できる力がないんだわ)

状況を整理するために、ミレーユはもう一度辺りを見回した。さきほどは焦って見落としていたが、いまなら分かる。

列柱や壁に刻まれている意匠は虎、ここはティーガー国の城内だと。その証拠に、オリヴェルたちの姿が完全に消え去ると、母親らしき女性が、ミレーユもよく知る名を叫んだ。

「エリアスっ、黒竜王陛下の御前で、少し頭を上げようとしましたね！　あのお方の御前では、けっして目立ってはいけないと、あれほど忠告したではないですか！」

「ですが母上、頭を下げていては、アレを見ることができません」

少女の年は五、六歳だろうか。けぶるような長い金のまつ毛、幼いながらに整った顔立ちと、大人びた雰囲気を持つとびきりの美少女に、ミレーユは口元を両手で押さえた。そうしなければ、緩む表情筋を我慢できなかったのだ。

（お可愛《かわい》い～～っ！　お義母様の幼少のお姿、ヴルムにそっくりだわ！）

つい興奮してしまうミレーユとは対照的に、エリアスの母は、黒竜王を「アレ」呼ばわりする娘の言動に青ざめた顔で、ワナワナと唇を震わせている。

「な、なんという口を利くの……っ。貴女《あなた》の名は、ただでさえ竜族を敵に回すようなものなのよ！」

叱責の声は、途中から涙声へと変わった。

「あぁ、すべてわたくしの罪だわ……。王の関心を得たいばかりに、貴女に呪いの名をつけてしまった。わたくしはなんということをしてしまったの……っ」

「私はアレを見て、余計にこの名が気に入りましたが」

「立場を弁《わきま》えなさいっ。黒竜王陛下は、わたくしたちがおいそれと対顔できるお相手ではないのよ！」

「…………分かりました。虎族の王女という身分では頭を上げることすら許されぬというなら、それ以上の地位を得るまでです。それならよろしいのでしょう？」

少女といえど、エリアスはすでにエリアスだった。

この堂々たる怯《ひる》まぬ態度、思わず拍手を送りたくなる。

（やっぱり、私はいま過去を見ているんだわ。お義母様が黄泉の間で話してくださったお話とも一致する。……でも、さきほどのオリヴェル様のご様子から見ても、さきに心を奪われたのはオリヴェル様の方では？）

指先を頬に当てながら考えていると、ぐらりと世界が回った。

次に見えたのはオリヴェルとゼルギスの父であり、カインの祖父にあたる緑竜王の世界だった。

その次は白竜王と、ミレーユは次々に時代を逆行し、数百年、数千年と時間を遡る。

竜王たちが花嫁と出会い、愛し、命を紡いでいく。

静かな時の流れを、ミレーユはまるで物語を読んでいるかのような不思議な気持ちで見守った。


――――そして、最後に見えたのは、優しい紅蓮《ぐれん》の瞳だった。


『君の望む世界を創ろう。また君が生まれ落ち、私と出会えるように』

赤々と燃える優しい眼差《まなざ》しが寂し気に細められ、慈愛の声が耳に届く。

（この声は……）

それまでの記憶は彼らを近くから見つめ、見守ることができた。

けれど、いまはまるで誰かの身体の中に入り込んでしまったかのように、自分の意思では身体を動かすことができない。

『どれだけ時を刻もうとも、私の記憶が失われようとも、会いにいくよ』

視界がゆっくりと閉じられていく。

もっと、もっと貴方《あなた》を見ていたいのに、終わってしまう。

それを残念に想《おも》いながらも、心の内に広がるのは幸福感。

『必ず見つける。――今度は私が』

だって、きっと、また出会えるから――――。

「ミレーユ!?」

耳に親しんだ声に名を呼ばれ、しゃぼん玉が弾《はじ》けるような感覚と共に、意識が引き戻された。

慈しむような瞳は、いましがた頭の中で自分を見つめていたものと同じだった。

不意に、すべてを知った。いや、思い出したのだ。

この世界の終わりと、はじまりの日を――――。

(ああ、そうだったんですね。貴方は……)

自然と涙が零れ落ちた。

記憶すら引き継げないほどに、全ての力を失ってでも貴方が残してくれた世界。

十年前の出会いは、偶然ではなくて。

彼は記憶を失っても、見つけてくれたのだ。

「大丈夫か?」

心配そうに顔を覗《のぞ》き込むカインを前に、ミレーユはほほ笑んだ。

「この世に生を受け、カイン様の花嫁になれたこと。この幸福を、私は一生忘れません」

目を涙で濡《ぬ》らし告げるミレーユに、カインもほほ笑む。

「私もだ。きっと君と出会うために、私は生まれてきたんだ」

顔が近づき、誓いのキスが下りてくるのを、ミレーユは顔を上げて待った。
星の煌めきがより一層光を帯び、流星が光芒《こうぼう》を放ちながら走り去る。
唇が重なると同時に遠くで花火が上がり、空を覆うほどの熱気球が飛んでいく。
光の渦は、まるで夜が明けたかのようで。
夫婦となった二人は、いつまでも唇を重ねていた。

エピローグ

「ナイル様、次の《天地開闢《かいびやく》の儀式》ですが、ミレーユ様はエリアス様より頂いた菫色《すみれいろ》の耳飾りをお付けになられたいとの仰せです」

女官の一人からの報告に、ナイルはしばし熟考する。

「そう……なら、腕輪や靴も紫水晶を使用したものに替えましょう。誰か、《宝玉の間》から――」

持ってくるよう指示しようとするも、それに見合う能力を持ちえた女官がいないことに気づき、ナイルは口を閉じた。

宝物庫として使われている《宝玉の間》へは、《辿《たど》りの間》を通る。

この辿りの間を無事に抜けることのできる女官は少なく、それに該当する者は全員ミレーユ付きで、現在次の祭事のために出払っていた。

ナイルは自分が行くべきか迷ったが、ここで動けばミレーユの支度が遅れてしまう恐れがある。

「困ったわね。誰か宝玉の間に行ける者はいないかしら」

「私が行きましょうか。行って戻ってくる程度の時間なら十分空いています」

考えあぐねていると、助け舟を出したのはゼルギスだった。

式が始まる前にすべての指示を完璧にこなしていた彼には、女官たちよりも時間があった。

「それは助かります」

ナイルがホッとして頼むと、後ろからひょっこりとルルが顔を出す。

「ルルも一緒に行ってもいいですか?!」

入ったことのない部屋の名に好奇心が刺激されたのか、浮き浮きと片手をあげている。

これにいち早くナイルが「それはなりません！」と待ったを掛けた。

強く厳しい口調で止められ、ルルはしょぼんと項垂《うなだ》れた。

「ごめんなさい。貴重品のあるお部屋に、ルルが入ったらダメですよね……」

それ相応の人物でないと入室を危ぶむのは当然だと気づき、ルルが謝罪すると、ナイルに強く肩を摑《つか》まれた。

竜族の力を完全に封じているお陰か、強い力にもルルが怪我《けが》をすることはなかったが、鬼気迫る迫力があった。

「いいですか、ルル様。ゼルギス様と無闇に二人きりになってはいけません！」

あのような人気《ひとけ》のない場所に連れ込まれて、なにかされては大変だと苦々しい口調で諭されるも、ルルはよく意味が分からず「ふぇ？」と緊張感のない声をあげた。

「随分な言い様ですね。いったい何を根拠に、私がそんな野蛮な振る舞いをするというのですか」

あらぬ疑いをかけられては困ると、ゼルギスはすぐさま異を唱えたが。

「根拠は竜族の男というだけで十分でしょう」

「──なるほど。説得力がありますね」

ふむと、顎先に指を当て頷《うなず》く。

納得はしたが、ゼルギスとて竜約もいまだ交わせていない少女に粗野な行いをするほど短慮ではない。

なにより、いま優先すべきは婚儀を無事に終わらせることだ。

「安心して下さい。私が本気を出すのは婚礼祭が終わった後です！」

「では、その日を貴方様《あなたさま》の最後の日と致しましょう」

知性的な表情でふざけたことを抜かす元教え子に、ナイルは明確な殺意を覚えた。


「うわあ、いっぱいお部屋がありますね！」

何だかんだと言い合いをしている時間のなかったナイルは、仕方なくルルの同行を許しつつ、最後まで渋面で。

「なにかありましたら、これを振ってください。すぐに駆け付けますので！」

と、藍色の鈴を渡してきた。

腕に巻けるサイズの組紐《くみひも》に、ぶら下がる鈴を貰《もら》ったルルはとても嬉《うれ》しそうだったが、防犯の意味を成すものだという意識は低いらしく、いまは大事にポケットの中にしまわれている。

ゼルギスとしてはそんなものを使われるような狼藉《ろうぜき》を働く予定はないため、パタパタと走るルルの後ろを、長い脚をゆったりと動かしながら続いた。

「開いている部屋ならば、どの部屋でも入って大丈夫ですよ」

花嫁のドレスは豪勢な造りとなっているため、着替えにもそれなりに時間がかかる。腕輪や靴の装飾品は最後に付ける物だ。

そう急がなくとも大丈夫だろうと踏んだゼルギスは、ルルのわくわくしている姿を堪能することにした。

閉じられた扉や、普段から開いている扉を抜け、辿りの間を通り、長い回廊を歩いていく。

すると、先を駆けていたルルの足が止まった。

「開いているお部屋……。ゼルギス様、じゃあ、あのお部屋も入っていいんですか？」

「もちろんいいです――え？」

ルルが元気よく指さす先に目を向けたゼルギスは、緩んでいた口元を強張《こわば》らせた。

愛らしい指先が示していたのは、建国以来けっして開かぬ扉――約束の間だったのだ。

「――ッ!!」

ドッと、身体中《からだじゅう》に雷撃が走る。

あり得ない事象を前に、ゼルギスの身体は完全に硬直した。

そんなゼルギスの動揺には気づいていないのか、ルルは返答を待たず、何かの力によって導かれるように扉まで走ると、室内に一歩足を踏み込もうとした。

ハッと正気に返ったゼルギスは、慌てて声をあげた。

「ま、待ってください、ルル！」

「ふえ？　やっぱりダメなんですか？」

ルルは上げた足をすとんと大理石の床に戻すと、肩越しにふり返る。

「あ……いえ……」

あまりの衝撃に咄嗟《とっさ》に呼び止めたものの、ゼルギスの思考力はこの異常な事態にうまく適応できていなかった。

(なぜだ。なぜ、この部屋の扉が開いているんだ……っ)

ゼルギスとて、幼いころから何度となく訪れたことがある場所だ。だが、当然ながらいままで扉が開いたことなど一度たりともない。ゼルギスでは、扉を開けることは不可能だった。

(ならば、招かれているのは――ルル？)

足早にルルの前まで急ぐと、窺《うかが》うように最愛なる少女の顔を見下ろした。

大きな瞳をきょとんとさせて、不思議そうな表情をつくるルルを、初めて恋心以外の感情を持って見つめた。

なぜだ。なぜ、ルルなのか。

(赤竜たるカイン様の花嫁、ミレーユ様ですら開かなかったというのに……)

分からない。

どれほど思考力を働かせても、答えは出ず。

その間、ルルは部屋の中が気になるのか、ちらちらと視線を扉の方へと向けていた。

扉は確かに開いているが、中は見えない。

踏み入れなければ室内の様子が分からぬよう、黒いベールが下りているのだ。これ一つとっても、ゾッとするほどの力が込められている。

ゼルギスでも嫌気がさすほどの高濃度の術にも、ルルは平然としており。それどころか、先ほどの好奇心とは違う瞳の色で扉を見つめていた。

幼子が大切なものを見つけ出そうとする、そんな瞳だった。

（……招かれているのならば、入らねばならない）

覚悟を決め、ゼルギスはふぅと深く息を吐き出す。

「ルル、けっして私から離れないと誓ってくれますか？」

ゼルギスの言葉に、ルルの表情がぱっと綻ぶ。

はーいと大きく返事をすると、小さな足は扉をくぐった。


ザクッ。


部屋に一歩踏み入れた途端、足裏から伝わってきたのは、深い雪の上を歩く感触だった。

「わぁ、うちの国の道みたいです。冬になると、雪が積もって歩くのが大変なんですよ」

大変だと言いつつも慣れた様子でルルが歩き出す。

「お部屋の中なのにお外みたいですね！」

足元の雪だけでなく、目の前には数歩先も分からぬほどの深い霧がかかっていたが、ルルは見えぬ視界に怯《おび》えることなく、ずんずんと前に進んでいく。

ゼルギスはルルの歩幅に合わせて並行して歩きながらも、彼女に分からぬよう、そっと火炎の術を雪に放ってみた。

極限まで細く練った術は、その分威力を込めたもの。しかし、雪は一滴たりとも解けず、自身の術が敵《かな》わないことを知らしめられるだけで終わった。

(ここは、紛れもなく初代竜王様の力で作られた空間だ……)

やはり術は通用しないかと納得していると、不意に雪の大地が一変した。

深い霧が晴れ、雪が消え、目の前に広がるのは、どこまでも続く青い空と、一面に咲くシロツメクサ。

「すごいっ、イリュージョンです！」

冬から春が到来したかのような変わり様に、ルルが歓喜の声をあげた。

緑の葉と白い花の絨毯《じゆうたん》に、ルルは心を弾ませるあまり、いまにも走り出しそうな勢いだった。

そんな仕草も愛らしく映ったが、ここは異空間。

ルルを守るためにも、けっして隙を見せてはならないと、ゼルギスはルルの手を取る。

「遠くには行かないでくださいね」

「はーい！　ルル、ちゃんと約束を守りま……──あ」

元気な声が、突然小さくなった。

ルルの異変に気付いたゼルギスは、咄嗟に辺りを見渡す。

バッと目に映ったのは、宙に浮く一枚の絵だった。

「ッ!?」

ゼルギスは探るようにその絵を見つめた。

突然目の前に現れたことには驚いたが、攻撃を主とする魔力は感じない。

なにより、描かれていたのは危険性などとは無縁な、艶やかな黒髪の少女の姿絵だった。

少女は黒曜石の瞳をこちらに向け、柔らかな笑みを浮かべている。その笑顔には見ている者を和ませる力があった。

ゼルギスも例外ではなく、ほんのわずかに警戒心を解く。

「どなたかは存じませんが、どこかミレーユ様に雰囲気が似ている方ですね」

自分で口にして理解した。

（ああ、そうか。ミレーユ様に似ていらっしゃるから、警戒心が薄れたのか）

ミレーユが大好きなルルなら、きっとこの姿絵も気に入るのだろうと視線をルルに落とし、

「……ルル？」

虚をつかれた。

ルルは、泣いていたのだ。

大きな目に涙をいっぱいに溜《た》め、丸みの残る頬をボロボロと雫《しずく》が滑り落ちていく。

驚くゼルギスが手を伸ばそうとするも、それよりも先に、ルルは姿絵の方へと歩き出した。

どこか虚《うつ》ろな足取りが、ゆっくりと動き。

ルルの小さな唇から、絞り出すような声が漏れた。

「笑ってる……」

笑ってくれている。

とても幸せそうな笑顔で。

――ああ、守ってくれたのだ。

ちゃんと、『約束』を守ってくれたんだ。

そこで、ふっとルルの意識は途切れた。

遥《はる》か昔。ある小さな村に、小さなネズミがいた。

それは白い毛並みと赤い瞳を持つ、異色のネズミだった。

その時代、その村では、特別であることは異端として扱われた。

同じ仲間のネズミからも疎外され、行き場を無くした小さなネズミは、たまたま見つけた人間の手によって囚《とら》われ、供物として捧《ささ》げられる運命だった。

しかし、それを村の少女に助けられ、白いネズミは彼女のネズミとなった。

少女は黒い髪と黒い瞳を持つ、まだ十歳にも満たない子供だったが、膨大な陽力を駆使し、村を守る神子《みこ》でもあった。

けれど神子とは名ばかり。

村のために力を酷使しながらも、その強すぎる陽力に村人たちは畏怖し、決して近づこうとはしない。

少女の力があるからこそ、山間《やまあい》の小さな村が存続でき、暮らしが成り立っていることは、誰の目にも明らかだったというのに。

住まう場所は、薄暗い小さな石蔵。中には一人用の座卓と、薄い布団。採光のためだけの円形の小窓が一つあるだけ。

雪が降り積もる時期は、石の隙間から流れ込んでくる冷気で指はかじかむ。

それでも少女は自分自身を癒すことはせず、ただただ村のためだけに祈りを捧げ、力を使った。

そんな少女にとって、ネズミは家族だった。《るる》と名付け、大切にした。

だがしょせんはネズミだ。短命な小動物は、すぐに死んでしまう。

大切な家族を失いたくなかった少女は、自分の力を与えることで、その命を長らえさせた。

それが天命に反することだと分かっていても、どうしても失いたくなかったのだ。

本来なら天寿を全うしているであろう六年の月日が経《た》っても、ネズミは元気に走り回った。

少女にいつも寄り添い、頭の上や肩の上を走り回り、頬に身体を擦りつける。

生まれた時から疎外されて生きてきたネズミにとっても、少女は大切な存在。

ネズミは、優しい少女のことが大好きだった。

そんな暮らしの中、また少女の元へ、供物にされるはずだった生き物が放り込まれた。

ネズミの天敵である――猫だ。

その猫は雄でも雌でもない性を持ち、異端として処理されるはずだったが、白いネズミ同様村人たちは少女に押し付けたのだ。

猫はたいへんふてぶてしく、ネズミを面白半分に甘嚙《あまが》みしたり、転がしたりした。

当然ネズミは猫のことが大っ嫌いになった。

それでも、猫の存在を少しだけよかったと思えたのは、自分の天命を悟っていたからだ。

どれほど少女が力を使い、生きながらえさせようとしても限界はある。

終わりはすぐそこまで来ていた。

けれど、それよりも一足早く、世界は滅びの日を迎えたのだ――。


その日は朝から鳥も獣も、魚たちですらどこか怯えていた。

なにかが来る。得体のしれない何かが。

人間の力ではどうすることもできない凶事が。

嫌な予感を覚えていたのは少女も同じだった。

祈りを捧げ、なにもないことを願うも、それは起こった。

巨大な流星が、この世界に落ちたのだ。

爆音と共に燃え上がる大地。

揺れる海はすべてをのみ込み、世界の形を変えていく。

太陽は遮られ、降る雨は木々の梢《こずえ》を変色させた。

少女は自身のすべての力を行使して村に結界を張り壊滅を防いだが、それはただの一時しのぎにしかならなかった。

星が落ちたのは、村よりも遠く離れた地。だというのに、この被害。

終焉《しゅうえん》という文字が、少女の頭をよぎる。

悲しいかな、それは現実となった。


村の男どもが情報を収集し、話し合う。何度も何度も。けれど、結局結論は一つしかなかった。

この星は、神に見捨てられたのだと、世界は終わるのだと。

あの日から止《や》まない雨。かと思えば雪に変わり、極寒の世界をつくりだす。

異常な状態は、もはや少女の力ではどうすることもできなかったが、それでも昼夜問わず食事すらできない状況で、少女は祈りを強制された。

そんな中、一度だけ戻れた自室で少女が見たものは、息絶えたネズミだった。

「……るる?」

体温が失われた身体は、まるでそこにあったはずの命すら嘘《うそ》だったかのように横たわっていた。

ずっと力を与え、生きながらえさせてきた。

その力が弱っていた？

否、小さな身体で精一杯生きた。ここが限界だったのだ。

冷たくなってしまったネズミを抱き上げ、少女は声を殺して泣く。

ただひたらすに泣いて、涙が涸《か》れたころ、村では少女を生贄《いけにえ》として竜神に差し出すことが決まった。


村から三つの山を越えた先に住むとされている竜神。

かつては多くの国々の重鎮が竜神を捕らえようと躍起になり、命を落としたと言い伝えられている。

その竜神の元へ、生贄として向かえと言われた時も、少女は抵抗しなかった。

言われるがままに、旅支度をする。

ただ心残りは、猫のこと。

一人旅立つ日、少女は猫を抱きしめた。

「最後まで名前を付けてあげられなくて、ごめんなさい」

少女は猫のことも大切に扱ったが、名前だけは付けることができなかった。

名を付ければ、強い情が生まれてしまう。

愛せば愛すだけ、大切なものを失う未来が待っている。

ネズミも猫も、その生は人間よりもずっと短い。

少女はネズミを失う日々に怯えるあまり、臆病になっていた。

「お前だけは、できるだけ長生きしてね」

祈りを込めて、少女は猫に力を与えた。

こんなバラバラになってしまった世界で生きることは難しいだろうが、それが少女にできる最後の愛情だった。

別れを終えた少女は、吹雪の中、雪に足を取られながらも歩を進めた。

本来、人間には通ることのできない竜神の結界が張られた道。

進めば進むほどに、少しずつ自身の力が失われていくのが分かった。

たぶん、自分も限界が近いのだ。

分かっていた。それでも歩みは止めなかった。

目の前にそびえ立つ竜神の住まう場所。人間は立ち入れぬ神域。

いま、自分はそこに向かっているのだと思えば、力を振り絞れる。

「……え――?」

疲れた身体を少し休ませるつもりで山を見上げていたはずが、ハッと気づけば見知らぬ場所に移動していた。

「熱いっ」

もうもうと上がる煙。下を見れば、マグマが赤く蠢《うごめ》き。上を見上げれば、ぽっかりと空いた噴火口が遠くに見える。

自分がいま、火山帯の中にいるのだと理解したと同時に、ぐつぐつと炎のように赤く煮えたぎる海から、一匹の巨大な竜が姿を現した。

大きく口を開き、足が竦《すく》むような雄叫《おたけ》びを上げる。

竜神が怒り狂っていることは、すぐに察せられた。

（結界を破り侵入したことで、竜神様のお怒りを買ってしまったのね……）

少女の真上で、竜は火山帯の中を旋回し、睨《にら》みを利かせる。

『忌々しい……』

むき出しの牙が目の前に迫り、唸《うな》るような声が響く。

『浅ましき人間よ。私の眠りを妨げたな』

暗闇の中でマグマの海だけが光を放ち、竜神の赤い鱗《うろこ》を照らした。

炎のごとき瞳が、少女を見つめて問う。

『お前もまた、力を望むか？』

一体どれほどの人間に同じ問いをしてきたのだろう。

怒りを発しながらも、竜はこの状況に慣れた風でもあった。

少女は、畏怖のあまり張り付いてしまった舌を必死に動かし、答えた。

「――いいえ」

掠《かす》れながらも、揺るぎのない声で告げる。

「わたくし一人がお力を頂いたところで、この世界を救うことはもはや不可能でしょう」

力を通して感じる、大地の悲痛。

竜神からどれほどの力を得ようとも、世界は滅びる。

それは絶望的なまでにどうすることもできない、誰にも変えられない運命だ。

「なにより、生贄などなんの意味もなさないことは存じ上げております」

人間を嫌う竜神が、力を与えるはずがない。

助ける気が少しでもあるのならば、星がこの地に落ちることなど絶対になかったはずだ。

「私はただ、お会いしてみたかったのです。この山に住まう竜神様に、一度だけでも。どうせ尽きる命ならば、最後に自身の願いを叶《かな》えたいと。身勝手にも、そう願って参りました」

『…………』

「私はもう、すべてを諦めてしまったのです……」

ネズミを失った少女には、この世界の運命を覆せるほどの気力は残されていなかった。

虚ろな目が、地下に沸くマグマに向く。

「神聖なる竜神様の寝床を死に場所として選ぶなど、恐れ多いことだと自覚しております。ですが」

そこで、ふいに「にゃー」と小さな声がした。

「え?」

振り返れば、こちらに駆けてくる猫の姿。

「どうして!?」

少女は焦った。

竜神のむせ返るような陰力が充満し、地下ではマグマが煮え立つこの場所は、猫の身体では到底耐えられない。最後に自分が与えた陽力だけではとても足りないはずだ。

「――ッ!」

少女は両手を祈るように重ね合わせると、自分の最後の力を猫に放った。


やせ細った身体が、マグマへと落ちていく。

面倒に思いながらも、竜はその身体を光で包むと、上へと押し上げた。

けれどそれも、人間の肉や骨を自身の寝床に落としたくなかったという程度のものだった。少女を助ける意思はなく、そもそも彼女は力を猫に与えた時点で息絶えていた。

「面倒な……」

竜は、足元まで伸びる深紅の髪と、紅蓮《ぐれん》の瞳を持つ青年の姿へと形を変えると、少女の立っていた場所まで降り立つ。少女の亡骸《なきがら》を横に置くと、『うわぁあああん!』という鳴き声が竜の耳を打った。

「煩い」

鳴き声の正体はネズミだった。

白いうすぼんやりとしたものが、ずっと少女の肩や頭を移動していたことには気づいていた。それがネズミの魂であることにも。

『しんじゃいました！　ひどいです！　このこんじょうわる！』

言語が存在していない小動物の魂のわりに、ネズミは思いのほかハッキリとした口調で竜を罵った。

「私のせいではないだろう。手を下す前に、その娘の寿命が尽きただけだ」

『るる、しってます！　いっぱい力があるくせに、まもれるくせに、それをほうきしたんです！』

「ほぉ。私が何者か知っていて、なおその態度か？」

『もちろん、しってますよ！――あかくておおきいとかげです！』

後ろ足で立つと、ネズミは小さな前足をビシッと差しながら自信満々に答えた。

未《いま》だかつてとかげ扱いなどされたことがなかった竜が呆気《あっけ》に取られていると、少女に助けられた猫が、軽い身のこなしで竜の肩に乗ってきた。

『まぁ、まぁ、許してやってよ。脳みそこれくらいしかない頭の悪いネズミの言うことなんだからさ』

前足の肉球を竜の頬に押し付けながら、そんなことを言ってくる。

不敬すぎると竜は苛立《いらだ》ったが、猫が当然のように肩に乗り上がってきたことには驚いた。

強大な陰力を纏《まと》う竜には、本来どの生物も近づくことすらできない。

猫がそれを可能としているのは、十中八九あの死に絶えた少女が最後の力を振り絞ったおかげだろう。

いままでずいぶんと長く生きたが、あの少女ほど強い陽力を持ち、使いこなしている人間を見るのは初めてだった。そのせいで、長年の眠りから目覚めてしまった。

（不愉快な……）

人間ごときに起こされたことが屈辱的にさえ感じられ、黙り込む竜の前で、ネズミと猫は喧嘩《けんか》をはじめた。

『うっさいですよ、このもふもふ！　あたま、わるくないですよ！　るるは、あたまいいです！ことばだって、あのこがいつもおはなししてくれましたからね！』

どうやら白いネズミは少女の言葉を覚え、学習していたようだ。

とはいえ、それで少女と意思の疎通ができたわけではなく、あくまで動物間での話。確かに他のネズミよりも発達した知能を持っているようだが、しょせんネズミはネズミだ。

「消えゆく魂になってさえ、この娘の傍《そば》にいる理由はなんだ」

完全に魂が消え去る前にと竜が問えば、ネズミは答えなど一つとばかりに答えた。

『そんなの、だいすきだからにきまっているじゃないですか！』

迷いなど一切ない叫びだった。

『このこは、ずっと、るるのことをまもってくれました。だから、こんどはるるがまもるんです！』

「……お前の魂はもうじき消滅する」

本来なら、いまここに存在していることすら不思議なほどだ。

知能の低い小動物の魂は、死んだ後にはなにも残らず、死骸だけが土に還《かえ》るのみだ。

『わかってますよ、そんなこと。だから、おねがいしたいんじゃないですか』

「願い？」

『りゅうじんさまなら、まだたすけてあげられますよね？』

ネズミは、横たわる少女を見つめながら、確信しているかのように言った。

すでに事切れてはいるが、竜の力があれば息を吹き返すことができると信じているようだ。

確かに、それは正しい。

一度身体と魂は離れても、竜の力があれば、少女を生き返らせることはできる。

否定も肯定もしない竜には構わず、ネズミは続けた。

『このこをいきかえらせて、まもってあげてほしいんです。るるは、きえちゃいます。もう、まもってあげられない。だから、かわりにりゅうじんさまにまもってもらいたいんです！』

「なぜ私が……。醜く強欲な人間を助ける義理はない」

『るるだって、にんげんなんてきらいですよ！　でも、このこはちがいます！』

違うと言われたところで信じるつもりはなかった。

いままで数えきれないほどの人間を見てきたが、皆、例外なく忌まわしき者ばかりだった。

この少女が違うと言われたところで、まともに受け取る気にさえならない。

『りゅうじんさまも、ぜったいに、このことが、すきになりますから！』

「私が人間を好むわけがないだろう」

『すきになりますよ！　るるだって、そうだったんですから！』

「お前と私を一緒にするな」

『いっしょですよ、おんなじいきものなんですから！　だいたい、にんげんみたいなみためしてるくせに、なんでにんげんがきらいなんですか』

「私が人間に似せているんじゃない。人間が私に似せてつくられたんだ」

『るる、むずかしいことはわかりませんよ』

久しぶりに長く会話をしたせいか、それとも知能指数の低いネズミとの会話に嫌気がさしてきたせいか、竜はだんだん疲れてきた。

『とにかく、おねがいします！　じゃないと、じゃないと、るる……——のろいます』

「は？」

『のろいます。マツダイまでのろってやりますから！』

「……私は子孫を残すつもりはないが」

そもそも死ぬこともないのだが、ネズミは一番の隠し玉とばかりに『のろいますからね!!』を連呼した。

威嚇しているつもりなのか、前足をあげてキーキー叫ぶネズミにうんざりとしていると。

『ネズミの呪いとか、効き目薄すぎて気づかれなさそう〜』

猫がバカにしたように笑う。

ひとしきり竜の肩の上で笑い転げた猫だったが、ふと真顔に戻り。

『ネズミより、猫の呪いの方が効くと思わない？』

なにやら微妙な威圧を放ってくる。

「うるさい……」

なぜ起き抜けに、かしましい二匹の獣の恨み節を聞かねばならないのか。

どちらも竜にとってはちっぽけな存在だ。炎で灰にすることなど造作もない。

これが人間だったなら、一瞬で灰にしているところだが、相手は動物。人間を相手にする時とは違い、非情にはなり切れなかった。

しばしの熟考のあと、竜は仕方なく言った。

「――分かった。この娘を生き返らせ、お前の代わりに守ると約束しよう」

『ほんとうですか!?』

「ああ、どうせ人間の寿命など一瞬。暇つぶしにもならない程度だからな」

ネズミは実体のない身体をぴょんぴょんと跳ねさせ喜びの声をあげると、横たわる少女の元へと急いだ。

嬉しそうに頬に身体を擦りつけるが、透明なそれに感触などあるはずもない。

それでも構わずネズミは少女の傍らに寄り添った。

竜は一つため息を零《こぼ》すと、自身の力を少女の身体に施した。

蘇生《そせい》の力だ。光の粒子に包まれる少女の魂と身体をいまいちど繋《つな》ぐ。

いまの少女の身体は、仮死状態。

一度離れたものを繋ぐには、しばしの時間を要するだろう。

「この娘が息を吹き返す前に、お前の魂の方が先に消えるぞ」

『いきかえらせてくれるなら、なんでもいいです！』

ネズミは元気よく答えると、少女の頬に赤みが戻っていく様を嬉しそうに眺めた。

『……るる、こんどは、にんげんにうまれますね。おんなじくろいおめめと、くろいけなみでうまれます。そしたら、こんどはもっと、ずっとながくそばにいられますから！』

「…………」

人は人に、動物は動物にしか生まれ変われない。想《おも》いの強さで、なんとか人に生まれることができたとしても、すぐに器と魂が拒絶し合い、直後に死ぬ。

そのことを竜は理解していたが、口にはしなかった。

ぼろぼろと涙を零すネズミの身体は、徐々に薄くなりかけていた。

魂が消えるまで、あとわずか。

『だから……、それまでまっていてくださいね！』

最期まで少女に寄り添って、白いネズミは消えていった。

「……る、る？」

まるで別れを察したかのように、もうしばらく時間がかかると思っていた少女が目を覚ました。

まだ覚醒できていない虚ろな瞳が、なにかを捜すように動く。

けれど、そこにはもうなにもなく――。

猫は竜の肩からストンと降りると、横たわる少女の傍に座った。消えてしまったネズミの代わりとばかりに。

「あ……、無事だったの。……よ、かった……」

魂と身体が完全には修復されていない少女の意識は朦朧《もうろう》としていたが、猫の姿に安堵《あんど》の息をつく。

ふわりと、少女が放つ陽力が、竜にも伝わった。

優しく流れるそれは、あたたかな慈愛に満ちたもので――。

一瞬、竜はイヤな予感に襲われた。

いままであったものが、壊されてしまうような。

大きく変えられてしまうような。


それは、小さなネズミと交わした約束。

尊大で人間嫌いだった竜のただ一つの誤算。

失われた世界を再びつなぎ合わせることとなる、はじまりの物語――。


「苦しいです！　るるの顔のうえで寝ないでください！」

ルルは、自分の顔に張り付いていたふわふわの物体を剝がしながら叫んだ。

それが何か確認せずとも分かったからだ。

案の定、それはふてぶてしい顔をして、また平気な顔ですやすやとベッドの上で眠り始めた。言わずと知れたけだまだ。

「いつかそのもふもふ刈ってやりますからね！」

「ルル……、元気そうで安心したわ」

腹を出して寝ているけだまを指さし喚《わめ》くと、部屋の隅に設《しつら》えられたコモードの上で、洗面器にハンカチを浸していたミレーユが苦笑していた。

「ふえ？　あれ、ルル……なんでまたお昼寝してるんですか？」

ふかふかのベッドの上で寝ていたらしい自分に気づき、ルルは首を傾《かし》げた。

「覚えていないの？　ゼルギス様とご一緒して、その時に倒れたこと。けだまも心配してずっと傍を離れなかったのよ」

「本当に心配してるなら、人の顔の上では寝ないと思います！」

危うく窒息死するところだったと文句を言うと、そこでミレーユの衣装が純白のドレスから、菫色のカラードレスへと替わっていることに気づいた。

「あああ、もう着替え終わっているってことは、火山バンってするの、終わっちゃいました!?」

「いいえ、着替えが終わっただけで、まだそちらは終わっていないわ」

「本当ですか!?　やった！」

「そ、そんなに楽しみなの？　意図的に火山を爆発させるなんて、とても恐ろしいことだと思うのだけど……。いえ、それよりも、本当に身体は大丈夫なの？」

「はい！　いっぱい寝てまた元気になりました」

「約束の間に入って倒れたと聞いたから、とても心配したわ」

「そういえば、お部屋に入った気がするんですけど……」

ルルはしばし考え込むが、

「……あれ？」

思い出せない。ゼルギスと一緒に、扉の中に入ったことだけは覚えているのに。

「うーん……あ、でもすごく幸せな気持ちになったのは覚えてます！」

「幸せ？」

「はい！」

「……そう。よかった」

それ以上ミレーユは深くは訊《き》かず、ただ静かに笑みを浮かべている。

花が咲くような柔らかな笑みに、ルルは一瞬何かを思い出しそうになったが、すぐに霞《かすみ》がかかったように閉ざされてしまう。

「姫さま……」

「なあに？」

「ルル、姫さまが結婚しても、お傍にいてもいいですよね？」

不安そうな声を出すルルに、ミレーユは一瞬驚き目を見開いたが、すぐにそれは笑顔へと変わる。

「当たり前じゃない。私はまだまだ半人前だもの。ルルがいてくれないと困ってしまうわ」

ミレーユの言葉に、ルルは照れたような顔で「へへ」と、嬉しそうに瞳を潤ませた。

「ルル……ずっと傍にいてくれて、ありがとう……」

「へ？　なにかおっしゃいました？」

「いいえ、なんでもないわ。――ところでルル。体調に問題がなければ、ゼルギス様のことを助けてあげて欲しいの」

「ふぇ？」

「ルルが倒れたことで、不埒《ふらち》な行いをしたんじゃないかって嫌疑をかけられているのよ……」

実は、隣の部屋ではわりとカオスな状況に陥っていた。

「とくにナイルさんが怒っていらして……。とても怖いの……」

「ふらちなおこない、って何ですか？」

よいしょっとベッドをおりながらルルが問う。

ミレーユは、「えっと、それは」と言いにくそうに言葉を濁しつつ、二人で扉に向かうと、思い出したようにルルが後ろを振り返った。

「お前、いつまで寝てるんですか。置いていきますよ！」

ベッドの上でだらんと身体を伸ばしていたけだまに声をかける。

けだまは「はいはい」とばかりにベッドから飛び降りると、ぴょんとルルの頭の上に乗った。

「あら、今日は仲がいいのね」

「けだまはしょせん、ルルよりもちっさいですからね！　ネコと言えど、べつに怖くないです！」

腰に手をあて、えっへんと胸を反らす。

「でもルル、けだまは……。いえ……なんでもないわ」

その得意げな仕草に、ミレーユは出かかった言葉を飲み込んだ。

けだまの猫種は、ルルの知る猫サイズではない。成猫となればルルの身長ほどになり、尻尾の長さをいれればその全長はルルよりも大きくなるだろう。

そのことを知らないルルは、ふっふっふっと勝ち誇ったような笑みを零している……。

ミレーユは伝えるべきかどうか迷ったが、せっかく上機嫌でけだまを受け入れようとしているルルに水を差す気にはなれず。

（もう少しだけ、黙っておこう……）

ひっそりと、心に決めていると、部屋の扉が開いた。

「ミレーユ、ルルの様子はどうだ？」

カインだった。元気そうなルルの姿に、彼もほっとしたようだ。

「安心しろ、ゼルギスの息の根は私が必ず止めてやる」

任せろとばかりに、とても物騒なことを言った。

「ええ、そしたらルル後家さんになっちゃいます～」

「まだ結婚してないんだから違うだろう！」

そんなカインのツッコミをすり抜け、ルルは隣の部屋へと走っていく。

「あ、こら、ルル！」

危ないからアイツに近づくなと止めようとするカインを、ミレーユはじっと見つめた。

「なに、どうした？」

「カイン様は、ルルにお優しいですよね」

「ミレーユの妹みたいな存在なんだ、当然だろう……――私はミレーユ一筋だぞ！」

別の意味が含まれているのだと感じたのか、慌ててカインが叫ぶ。

「あ、いえ。そういう意味ではなくて……。カイン様は、ルルの言葉には耳を傾けてくださるとナイルさんも仰《おつしや》っていたので」

鷹《たか》族の兵が生きていられたのもルルの助言があったからだとか。

そのことを彼に伝えれば、

「ルルの言葉は、ゼルギスよりよほど有意義だからな。それに、」

「それに？」

「なんとなく、ルルの言うことはきいていた方がいい気がしてならないんだ……」

熟考ののちそう答える彼に、ミレーユは口元を押さえて笑った。

「え？　どうした？　そんな笑うようなことを言ったか？」

ふふ、と笑うミレーユに、カインはただただ首を傾げていた。

書き下ろし　花嫁のジレンマ

時間は、ルルが約束の間で倒れたという一報を受ける少し前に遡る。

婚儀を終え、次の儀式に移る移動中。

カインに寄り添うように歩いていると、心配げに声をかけられた。

「ミレーユ、本当に大丈夫か？　さきほど、一瞬意識が飛んでいるようにみえたが」

「あれは……少し気持ちが高ぶって目を閉じていただけなので、お気になさらないでください。それよりも、私はカイン様の魔力を頂いたのですよね。カイン様こそ、ご体調におかわりありませんか？」

「私は、とても楽になったが……」

「楽？」

思いがけない言葉に、目を瞬《しばたた》く。

「いままで魔力の高さを苦痛に感じたことはなかったが、ミレーユと分けあったことで、身体《からだ》がかなり軽くなった」

これなら魔道具に頼らずとも、むやみに威圧が漏れることもないと彼は言う。

「だからこそ、ミレーユの体調が気にかかるんだ。私の魔力で、君の身体に負荷がかかっているんじゃないか？」

「いいえ、私もまったく体調に変わりはありません。本当にこれで竜族の皆様と同じになったのでしょうか?」

追想の儀でもあまり変化がなかったが、いまも身体が変わった感じはしない。

首を捻《ひね》るミレーユに、カインは優しく眦《まなじり》をほころばせた。

「ああ、変わっているよ。これで母上の流れ弾が命中しても、かすり傷一つ負うことはない」

カインはそう言って心底安堵《あんど》するように息を吐くが、例え話が気になり過ぎて、『え? それは、どういう状況でそんなことに?』と問いたくなるのをミレーユは必死に堪《こら》えた。

「そうだ。竜印が見えるようになっているはずだ」

「え?」

言われるがままに自身の胸元に目をやれば、そこには赤い印が刻まれていた。

ハッキリと浮かぶ不思議な文様に、ミレーユの目が見開かれる。

「これが、竜印……」

婚儀のさいに溢《あふ》れだした過去の記憶でも、歴代花嫁たちの胸元には、同じ形が彩られていた。

まだ竜約が存在していなかった時代、前世の自分には持ちえなかった印を、ミレーユはまじまじと見つめた。

「見えずともいいと思っていましたが、こうやって存在を確かめると感慨深いものがありますね……」

そっと胸元に指をあてれば、竜印はまるで脈打つミレーユの心臓を、翼を広げて守っているかのようだ。

（そういえば、雪華《せっか》の死因は心臓発作だったわね……）

ミレーユの前世の名、――雪華。

彼女はやはり初代竜王に殺されてなどいなかった。

陽力を使いすぎたことが原因で心臓が止まり、一度目の死を迎えたのだ。

けっして、のちの初代竜王、竜神の非ではない。

雪華は、生まれてすぐに打ち捨てられ、岩と岩の間に置き去りにされた子供だった。

そんな雪華を拾ったのは心優しい老女だったが、彼女が死んだあとはその力の強さゆえに、大地に陽力を注ぎ土地を肥沃にする供犠的な役割で生かされた。

懸命にその役を全うしようとしていた雪華だったが、天体衝突という未曽有の大災害に加え、大切な家族であったるるを失った消失感から、生きる気力を無くした。

竜神は雪華に『力を欲するか』と問い、雪華は『否』と返したが、竜神にとって答えなどなんでもよかったのだろう。

彼は最初から、愚かな人間の答えなどに興味はなかった。

けれど雪華と過ごす月日が経《た》つにつれ、彼の中に変化が生まれた。

――あの時、彼女が力を欲していれば。

――あの時、彼女に力を与えていれば。

自分は生涯彼女を失うことなく、未来永劫《みらいえいごう》を共にすることができたはずだったという後悔の念。

竜神によってもう一度生かされることとなった雪華の身体は、当時の十六歳のままで成長が止まってしまったが、不死というわけではなかった。

一度は離れた魂と身体を無理やり繋《つな》ぎ合わせたことが原因だったのか、何度竜神が不死にするべく力を費やしても、人間としての寿命しか与えることができなかった。

(何度も聞こえたあの声は、あの方の強い後悔の念が、陰力としていまもこの地に宿っていたものだったんだわ……)

ルトガーと対峙《たいじ》したさい、ミレーユはルトガーの心を救う力が欲しいと願った。

声はそれにこたえるように、溢れる力を与え。本来見えることのできない姿を、聞くことのできない声をミレーユに教えてくれたのだ――。

蘇《よみがえ》った記憶と、長い時を経ても守ろうとしてくれる彼の慈愛に目じりが熱くなる。

しかし、懐かしさのような情動の喚起はあっても、雪華のことをいまの自分と重ね合わせることはできなかった。いまのミレーユと雪華とでは、心のありようがまったく違う。

カインと、竜神もそうだ。彼はカインと違い、無口であまり感情を表に出さず、怒っていても笑っていても、いつも同じ顔をしていた。

雪華は竜神の番《つがい》となったが、雪華にとってはその認識は薄く。

死の直前まで、自分は竜神に仕える臣下に過ぎないと思っていた。

彼が行うすべては、彼が竜神だから行っていることで、自分への愛情からくるものだと気づけなかった。

（こうやって別の立場からみれば、十分愛されていたと分かるのに……）

不幸な境遇も手伝い、多くを望まない彼女は、竜神が行うすべてに諾と返事し、逆らうことなど考えもしなかった。

けれど、ミレーユは違う。

前世では竜神を守りたいなどと願うことすら恐れ多かったが、守られるだけでなく、カインを守れる存在になりたい。たとえ両者の意見は違えど、同じ方向を見て、同じ歩幅で進んでいきたいと強く願わずにはいられない。

（前世の自分に足りなかったところは、そういうところだったのかもしれないわ）

うーん、考え込んでいると、元気そうなミレーユに安心したのか、カインがニッコリと笑い、

「よかった。ミレーユの体調が大丈夫なら、天地開闢《かいびゃく》の儀式もつつがなくはじめられそうだな」

忘れかけていた、否、忘れていたかった儀式の名を口にした。

ミレーユの背筋に冷や汗が流れる。

「あ、あの、その儀式は……」

前世の記憶と、過去の歴代竜王の記憶を垣間見《かいまみ》てしまったミレーユは、より一層天地開闢の儀式に拒否感を覚えてしまう。

なぜなら、

（婚儀で火山を噴火させたり、海底を爆発させる必要って一切ありませんよね！！？）

前世の記憶を見たからこそ、その必要性に異議を唱えたい。

確かに初代竜王たる竜神は、雪華を番としたさい、バラバラになった大地を陸続きにつなぎ合わせるために、海底噴火を起こし新しい島を隆起させ、海に水を張った。

しかしそれは死にゆく世界を、もう一度はじめからやり直す修復の作業。

必要があったから施した処置のようなものだ。

（なぜ、それが婚儀では必須の儀式となったのかしら……）

記憶を辿《たど》り、思い起こせば、あの場には他の竜たちも来ていた。

彼らは人間と関わりの深いものもいれば、まったく関わらないものもいた。

性格はバラバラだったが、みな竜神の婚儀というものを見たのははじめてだった。

『ほぉ。これが竜神の婚儀というものか。なるほど』

彼らは一様に言い、しきりに頷《うなず》いていたが、まさか『必要性のために行った』ことを『婚儀だから行った』に変換され、竜王の婚儀に必須の儀式として引き継がれるとは夢にも思わなかった。

（ど、どうしよう……。もう必要のないことですからやめませんかと告げてみる？　いえ、でもそうなると……）

グルグルと思考を巡らせていると、そんなミレーユの不安を感じ取ったのか、

「そこまで心配せずとも、いままで儀式に失敗した歴代竜王はいないから安心してくれ」

カインはからりと笑ってそう言った。

（いえ、いらっしゃいますよね……術を失敗し、大地をくり抜かれた方がっっ）

頭の中に流れ込んだ記憶で、しっかりとその時の様子も見ていた。

それは数代前の黄竜王の時代。

彼は婚儀に浮かれ、力の加減を誤ったのだ。

無残にも火山噴火で大地は消失。まさかの大惨事となった。

絶句する花嫁とその他の参列者をよそに、竜族だけが「あらら、やっちゃいましたね」と軽い感じで受け流し。その後は、とりあえず放置。婚儀が終わった後に修復を試みるも、規模の大きさに大量の魔石を使用することとなったのだ――。

（やっぱり、やめませんか!?）

声を大にして言いたい。

だが、前世の記憶を思い出しましたと、その不要性を説いたところで、そんな戯言《たわごと》を誰が本気にするだろう。

いまのカインに、初代竜王であった時の記憶は皆無だ。

本来なら不死の身体であったというのに、力を極限まで使用し、記憶を継承させる余地もないほどに、彼は雪華の魂とふたたび巡り合える世界をつくってくれた。

（いえ、カイン様ならきっと、私の言葉を信じてくださるでしょうけど……）

奇天烈《きてれつ》に聞こえるだろうことですら、カインなら信じてくれるだろう自信があった。

（でも……言えないわ……）

いまなら分かる。

どうして初代竜王の声が聞こえたことを、カインに話さない方がいいと感じたのか。

それは——

（たとえ前世のご自身だとしても、話せばカイン様は角を生やされるわ！）

二人の性格はまったく違う。けれど共通点はある。

ひどく嫉妬深いところだ。

竜神も、雪華が別の竜と世間話をしようとしただけで雷を落とし大地を割り、物理的に離そうとした。

前世の自分が張った魔力だとしても、それによってミレーユの力が覚醒したという事実は、記憶のないカインにとってはあまり面白いものではないだろう。

「あ、あの……火山噴火や海底爆発というのは、少なからずこの星の寿命を縮めてしまう可能性がございます。無理にそういった儀式を行わずとも、私はすでに花嫁となったのですから、もっと慎《つつ》ましい儀式にいたしませんか？」

「それなら大丈夫だ。地殻に問題がないかはすでに確認している。このために、ミレーユとの時間を削ってまで視察に行ったからな！」

始終笑顔を絶やさず断言される。

無事に婚儀が終わり、晴れて夫婦になったことで心から安堵しているのか、その笑顔は昔プロポーズをしてくれた男の子の顔だった。

嬉《うれ》しそうに相好を崩すカインを前に、ミレーユは口を噤《つぐ》んだ。

この結婚のために奔走してくれた彼を、いましがた得たばかりの記憶だけで止められるほどミレーユは話術に明るくない。

以前は知識さえあればどんな難題も解決に導けるものだと考えていたが、必要なのは知識の数だけではなく、それを扱うだけの機転の良さと度量だったのかもしれない。

ミレーユは自身に足りないものを自覚しながら、いまは最愛の人の笑顔を守ることだけを考えることにした――――。

あとがき

この度は、拙作をお手に取っていただき、ありがとうございます。森下りんごです。

本作は、一巻からその存在だけは匂わせていたカインの両親登場&ミレーユたちの結婚式回となりました。カインの両親は、皆様のご期待通りの人物だったでしょうか？

皆様の応援がなければ、カインの両親が登場することも、ミレーユたちの結婚式も全部お蔵入りとなっておりました。よかった〜、無事にお届けできて〜（泣）

さて、今回の三巻ではまだ開示できていなかったあれやこれやをわりと詰め込んでみました。ここからは少し本編に触れております。ネタバレを回避されたい方は、本編をお読みいただいてからお進みください！

では、ワンクッション置きましたが、一応伏せ字を入れながら書きますと、

下位種族であるミレーユの能力の特異性はどこからきているのか〜とか。

ルルがカインたち上位種族に対しても本能的な恐れを持たないのは××からだよ！　とか。

けだまのふてぶてしい性格も××からだよ！　とか諸々《もろもろ》入れ込みました。

そして今後、××を思い出したミレーユに対し、まったく思い出す片鱗《へんりん》すらみせないカインとの攻防戦はあるのかないのか！

もし書ける機会をいただけましたら嬉《うれ》しい限りです！

では、恒例の謝罪を。

今回も担当様にはご迷惑をお掛けいたしました！

度重なる冷や汗進行を続けた結果、現在私の担当様への感情は「すみません」「申し訳ございません」から「この方、私の担当で可哀想《かわいそう》……」へと進化（？）いたしました。

原稿が完成するまでの過程は、作家様によって多種多様かと思いますが、森下の場合、担当様が「あの、そろそろ原稿を……」と催促されるまで仕上がりません。こういう期日を守らない人間を相手にしなければならないお仕事は、本当に大変ですよね！（元凶が他人事《ひとごと》みたいに言う）

森下のふてぶてしい謝罪が終わったところで、次に謝辞を。

この度も、m／g先生には素晴らしい表紙と口絵、挿絵を描いていただきありがとうございました！

オリヴェルのキャラデザをいただいたときは、惰眠を貪っているか、妻に引きずられているシーンばかりのキャラなのに、こんなに美形に描いていただいて……と、なんだか申し訳ない気持ちでいっぱいになりつつ、エリアスはまさに夫を引きずりそうなキャラデザで嬉しかったです！

最後になりましたが、引き続き三巻を購入してくださった読者様、

この本の制作にお力をくださった方々、

いつも無茶《むちゃ》ぶりする森下の頼みを叶《かな》えてくれる友人、
無事三巻を出させていただけたのも皆様のお陰です。本当にありがとうございました！
またお目にかかれれば幸いです！

森下りんご

作品のご感想、
ファンレターを
お待ちしています

あて先

〒141-0031　東京都品川区西五反田 8-1-5 五反田光和ビル4階
ライトノベル編集部
「森下りんご」先生係／「m/g」先生係

スマホ、PCからWEBアンケートにご協力ください

アンケートにご協力いただいた方には、下記スペシャルコンテンツをプレゼントします。
★本書イラストの「無料壁紙」　★毎月10名様に抽選で「図書カード（1000円分）」

公式HPもしくは左記の二次元バーコードまたはURLよりアクセスしてください。
▶ **https://over-lap.co.jp/824008336**
※スマートフォンとPCからのアクセスにのみ対応しております。
※サイトへのアクセスや登録時に発生する通信費等はご負担ください。

OVERLAP NOVELS f

勘違い結婚 3
偽りの花嫁のはずが、なぜか竜王陛下に溺愛されてます!?

発　行　2024年5月25日　初版第一刷発行

著　者　森下りんご

イラスト　m/g

発行者　永田勝治

発行所　株式会社オーバーラップ
〒141-0031
東京都品川区西五反田 8-1-5

校正・DTP　株式会社鷗来堂

印刷・製本　大日本印刷株式会社

ISBN　978-4-8240-0833-6 C0093

【オーバーラップ　カスタマーサポート】
電　話　03-6219-0850
受付時間　10時～18時（土日祝日をのぞく）

雨傘ヒョウゴ
ill.LINO
ウィズレイン
王国物語
~虐げられた少女は前世、国を守った竜でした~
コミックガルドにて
コミカライズ!
前世は竜。今世は令嬢!?
友と死にたかった竜は、
共に生きる意味を見つける——。
男爵令嬢エルナはある日、竜として生きた前世の記憶を思い出した。
初代国王である勇者を背に乗って飛び回ったそんな記憶。
しかし、今世は人間。人間としての生を楽しもうと考えていた。
そんな矢先、国の催しで訪れた王城で国王として
生まれ変わった勇者と再会し——?
OVERLAP
NOVELS f

「芋くさ令嬢」と馬鹿にされているアニエスは、パーティーで王女に婚約破棄された公爵令息・ナゼルバートを偶然助ける。しかし、それにより彼との結婚と辺境への追放を命じられることに!? 予想外の結婚だったが、ナゼルバートは歓迎しているようで——?

第12回オーバーラップ文庫大賞
原稿募集中!
イラスト：片桐
これは、
世界を変える
魔法《ものがたり》
【賞金】
大賞…300万円
(3巻刊行確約+コミカライズ確約)
金賞……100万円
(3巻刊行確約)
銀賞………30万円
(2巻刊行確約)
佳作………10万円
【締め切り】
第1ターン 2024年6月末日
第2ターン 2024年12月末日
各ターンの締め切り後4ヶ月以内に佳作を発表。
通期で佳作に選出された作品の中から、「大賞」、
「金賞」、「銀賞」を選出します。
投稿はオンラインで! 結果も評価シートもサイトをチェック!
https://over-lap.co.jp/bunko/award/
〈オーバーラップ文庫大賞オンライン〉
※最新情報および応募詳細については上記サイトをご覧ください。
※紙での応募受付は行っておりません。